على حين غرة

Ahmed Khedr Abo Ismail

Published by Master Publishing House, 2024.

على حين غرة

First edition. September 10, 2024.

ISBN: 979-8224984510

Written by Ahmed Khedr Abo Ismail.

قائمة المحتويات

أحمد خضر أبو إسماعيل

روايـــــــــة

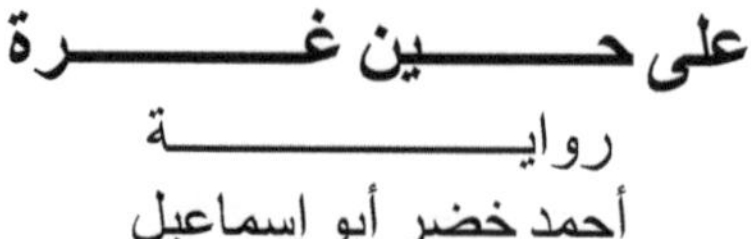

روايـــــــــــة

أحمد خضر أبو إسماعيل

••••

الجمع والإخراج
التجهيزات الفنية بدار ماستر للنشر
D2D ISBN: 9798227590213

2024
Email: master.publisher@hotmail.com
Facebook: facebook.com/Master.PH
Tel & WhatsApp/ +2 0128 730 3637

أحيانًا يساعدنا الآخرون بأن يكونوا في حياتنا فحسب

أحمد خالد توفيق

الذين لا يأتون.. لا يقترفون غير خطيئة الغياب.. أما نحن فنقترف خطيئة الحياة دونهم!

ونظل.. غارقين في الحنين.. مبللين بدهشة الانتظار.

محمد الماغوط

إن السماء بعيدة أيها الفتيان. بعيدة بما لا يقاس، لكن الله قريب بما لا يقاس أيضًا.
جان دوست

مغفلون نحن الرجال. لا الحب أعمى ولا هم يحزنون. نحن الحمقى.
كمال الرياحي

كم هو مؤلم أن تستوطنك الأمكنة ولا تستطيع التحلل منها!
خالد خليفة

إهـــــــــــــداء خاص

رغم المسافات
والزمن الثقيل الذي يمر بصعوبة
رغم الغربة
ومرارة الوحدة التي تلوك أحلامي
رغم الحنين
والدموع التي تحرقني كل ليلة
رغم الحزن
والحسرة التي باتت تسكن تفاصيلي
أحبك حد التماهي
ولا تزال روحك تطوف حولي
فالأرواح جنود مجندة
وتسكنين كل الأدعية
تلك التي تحبينها في ظهر الغيب

20/5/2023
أحمد

- 1 -

تشبث الصغير بياقتي وكانت نبضات قلبه تخفق بذعر، هناك في سواد عينيه شيء من الهلع لا يمكن تفسيره، حيث يغطي الدمع المعتصر مساحات السواد والبياض الذي أحالها الفزع حمراء دامية، وطلب مني بهمس الهمس ألا أفلته، ألا أدعه يواجه الكابوس وحده.

ابتسمت برفق ومسحت على شعره المبلل الذي لا يذكرني إلا بفراء القطط، تلك القطط المشاكسة التي تمارس عادة ذميمة وهي البحث عن الطعام في الليالي الممطرة فيتشبع الفراء الجاف بماء السماء وتغدو أشبه بمخلوقات أسطورية مرعبة.

بعناية أمسكتُ بخصر الصبي الصغير وأجلسته على الكرسي، وأخبرتُه أن كل شيء سيكون جيدًا لا تقلق هي دقائق معدودة وسوف ينتهي كل شيء، ربما يبدو أن حلاقة شعر الأطفال مهمة سهلة لكن أكاد أقسم أن هؤلاء الصغار يحيلون حياتي جحيمًا عندما يقرر أوليائهم أن شعرهم قد طال ويجب حلاقته، من يدفع الثمن...؟

بالتأكيد أنا، ربما ساعة أو ساعتين أقضيها وأنا أقنع الصغير أني لن أحتز رقبته ولن أقتله في خلسة ولن أرميه في بئر أخفيته في صالون الحلاقة، طبعًا ما يثير غيظي وحنقي أمهات الأطفال، بعضهن لا الكل طبعًا.. تلك النساء التي تسعى للحفاظ على تكور نهديها وقوامها الممشوق عقب الولادة وتراها تجلس تطالع شاشة الهاتف المحمول وتتركني رفقة الصبي أحاول خِداعه بأن شعره هذا ليس جميلاً ويجب حلاقته حتى ينمو مجددًا.

كانت مدام نسرين _ والدة الضحية _ وأقصد الطفل طبعًا من النوع إياه، تاركة الأمور تسير وحدها وكأنها لم تقض ليلة حمراء في فراش زوجها حتى تنجب هذه المصيبة، كانت امرأة فاتنة إن شئت الدقة من تلك النساء العابثات اللواتي يمنحنك شعورًا باللذة فقط من خلال النظر إليهن، فتكاد أوردتك تنفجر من فرط الشهوة وتشعر وكأن أذنيك تحولتا إلى قطعتي فحم ملتهب والتصقتا برأسك بطريقة ما من هول تدفق الدم فيهما.

كنت مرتبكًا ليس لإن الطفل استكان أخيرًا وعملية الحلاقة بدأت، لكن نظرات تلك المرأة مثيرة فعلًا وخصوصًا عندما ترفع عينيها عن شاشة الجوال وتطالع المرآة أمامها وكأنها تريد الاطمئنان أني لم اقتل الصبي بعد، نظرات لا يفهمها إلا من تمرس في مراقبة النساء، فالسر لا يكمن في النظرة وحسب بل هناك علم قائم لم يبحث فيه العلماء بعد وهو إلى أين توجه المرأة نظراتها...؟

مدام نسرين تستطيع إسقاط عشرة رجال أشداء بقوة نظراتها، نظرات لا تعرف الخجل أبدًا، نظرات متحدية يمكنك أن تقرأها بعدة صيغ إلا أن الصيغة الرسمية هي الأكثر انتشارًا، نظرات مشبعة بالشبق وكأنها تستمني بعينيها وتترك لك النظرات في خيالك انطباعًا مرعبًا ولو أفلح العلم والذكاء الاصطناعي رصد الأفكار وقراءتها فصدقني لن تكون الأمور على ما يرام.

ولعل طلاقها في العام المنصرم جعل تلك النظرات أكثر وضوحًا بالنسبة لي، فالاعتياد على الأشياء يزيد صعوبة فقدها، فما بالك أن تفقد الأنثى رجلها في سن مبكرة، ما بالك أن يتحول ضجيج الليالي الساخنة إلى خواء بارد قاتل، كل تلك العوامل تصنع من أي مخلوق كائنًا شهوانيًا رغمًا عنه فالمتعة التي تفقدها تجعل منك وحشًا ساغبًا باحثًا عنها في أدق التفاصيل.

طبعًا هذه فلسفة الحلاقين التي تعلمتها خلال العقود الثلاثة الماضية، فبصفتي حلاقًا أجيد الثرثرة، والثرثرة تفتح أفاق الحديث وأفاق الحديث بدورها تتشعب وعندما تتشعب أنت تواجه صراحة الزبون، صراحة الزبون الذي سلمك رأسه وترك العنان للسانه فتسمع عن أشياء وأشياء لم تكن تعتقد أنها موجودة حقًا في هذا العالم وبالتالي من الصعب عليك أن تترك التفاصيل تمر من حولك مرور الكرام دون تدقيق وتمحيص.

انتهيت من تفكيك اللغم وابتسم الصبي بعد أن طالع وجهه البريء في المرآة وضحك حتى دمعت عينيه وهو يطالع خصلات شعره المرمية على بلاط الصالون، صافحتني مدام نسرين تاركة لي مبلغًا كافيًا من المال لأنها تعرف أن ابنها من سلالة الشياطين وليس البشر وإقناعه بالحلاقة يحتاج إلى وعد بلفور ذاته.

تمددت على الكرسي وشعرت أن الإرهاق بلغ مني مبلغًا لا بأس به، الوقوف على قصبتي قدميك طوال النهار ليس إلا نوع آخر من التعذيب الذي لا يجيده إلا عناصر المخابرات في بلادنا، قبل سنوات وعندما اندلعت الثورة كنتُ شابًا مندفعًا يؤمن بأن مصير الطغاة هو السقوط، وإسقاط هؤلاء القتلة يحتاج إلى حشود شعبية في الساحات العامة والمطالبة جهارًا نهارًا بإسقاطهم.

طبعًا كنتُ ساذجًا وعرفت كم كنت ساذجًا عندما تم اعتقالي، فقبل حفلات الضرب والشتائم يطلب منك ضابط _ عريض المنكبين ذو كف فولاذية لو صفعني بها لدخلت الأراضي الكندية دون فيزا _ أن تقف في زاوية غرفة التحقيق مثل الجرذ المنبوذ، أنت هنا تحسب الأمر هينًا بسيطًا فتقف تطالع بلاط الغرفة من ثم تطالع حذاءك وبعدها تلقي نظرة على دهان الغرفة وتتساءل إن كان هذا اللون أبيض مصفر أم أصفر مبيض، ثم تشعر بقليل من الملل فتغمض عينيك وتحاول أن تسند ظهرك إلى الجدار فتسمع شتيمة بحجم الكون كله تهين أمك أو أختك أو حتى جدتك،

فتنتصب مثل قضيب تعرض لجرعة وافرة من الفياغرا وتعود لتلقي النظر إلى لون حذاءك وتتذكر أن صاحب محل الأحذية قد غدرك بالسعر، وتفكر في حال قررت شراء حذاءً جديدًا لن تشتريه من نفس المحل، ثم تفكر في لون الحذاء وكم أنت غبي عندما اخترت هذا اللون فهو أقرب إلى _ خراء القطط _.

ساعة...ساعتين...ثلاث ساعات...أربعة...يمضي الوقت بطيء وكأن هناك رجل عجوز مصاب بالباركنسون يتكئ على عكازه وكل خمس دقائق يدفع عقرب الساعة دقيقة واحدة فقط، تبدأ هنا مسرحية الألم الممنهج، ستشعر أن هناك وهنًا بدأ يصيب قدميك، خدر يتسلل بهدوء من باطن القدم نحو الكاحِل بشكل متصاعد، تحاول أن تتحرك لتحرك الدم المتبلد في شرايينك لكن شتيمة أخرى تنهمر على رأسك.

هل تظن أن المأساة انتهت؟ بالتأكيد لا...ستقضي الأربعة والعشرين ساعة الأولى وأنت في ذات المكان، تشعر وكأنك أصبحت جزءًا غير إنساني، تمثال روماني في زاوية الغرفة، وتلقائيًا ستحاول أن تسأل الضابط عن أي شيء لكنك على يقين أن الأخير لم يتعلم من الأبجدية سوى الشتائم، اللغة والتواصل بالنسبة له مقتصر على إهانة أمك وأختك فقط لا غير ولا سبيل معه لأي نوع من أنواع الحوار، وإن لم تكن سيزيف يا صديقي ستسقط في الساعة الثلاثين لأنك إنسان طبيعي، وهنا لن تتذكر سوى كعب البندقية الذي يدق أضلاعك والأحذية العسكرية التي تعبر عن حبها لك فتقبل كل شبر في جسدك بعنف، وفي النهاية ستشعر بسائل دافئ صديدي الرائحة ينهمر من مكان ما في جسدك هو دمك - إن كنت لا تعرف - والأدهى أن المثاني هي الأخرى تقرر أخذ إجازة لتفريغ ما فيها.

كانت أيامًا عسيرة في معتقلات النظام، حيث تم إلقاء القبض علينا عقب اعتصام ساحة الساعة في وسط مدينة حماة، حماة المدينة التي كانت متمردة من أيام الأسد الأب ولا يخفى على أي مواطن سوري مجازر 1982م الدامية، حيث انتفضت حركة الإخوان المسلمين آنذاك لتقوض أركان النظام إلا أن رفعت أسد وهو شقيق الرئيس توجه بجحافل سرايا الدفاع ليفعل ما لم يفعله المغول والتتار مجتمعين.

لا تزال المرويات كثيرة عن تلك الحقبة المظلمة في تاريخ المدينة حيث حدثني الشيخ عبد المنعم أنه كان مراهقًا في تلك الفترة، ومن حسن حظه أن والدته كانت قد نذرت أن تترك شعر ابنها يطول حتى يصل لأخمص قدميه، طبعًا ضحك عندما حدثني عن قَصَّة شعره وأقول قَصة بفتح القاف لا بكسرها لأنه عندما أصبح زبونًا عندي لم أعرف سوى بضع شعيرات يتمردن على جانب صلعته ويشذبهم عندي بين الفترة والأخرى.

أما لماذا نذرت والدته هذا النذر فبكل بساطة لأنه الصبي الذي جاء عقب سبع فتيات فكانت النساء تقدمن قرابين من هذا النوع، كذبح الخراف - لا الأطفال طبعًا - وإطالة شعورهم - الأطفال لا الخراف طبعًا -، أما كيف استفاد من طول شعره لإن رجالات سرايا الدفاع أعتقوه ظنًا منهم أنه فتاة فكأن شعره كان طوق النجاة.

أما ما حدثني عنه فهو جرائم يندى لها جبين الإنسانية، فأنت تتحدث عن وحوش بشرية لا يمكن أن تترك شيء من شرها، كلاب مسعورة أطلقها النظام على الشعب.

لحكمة عظيمة نجح الشيخ عبد المنعم في البقاء حيًا، فهو من كان زعيمنا السري في بداية الثورة إلا أن هيستريا القمع جعلته يتنحى جانبًا ويوقع تعهد بعدم التظاهر بعد أن سقط بين أيدي المخابرات الجوية، وإن كنت لا تعي ما معنى السقوط بين أيدي عناصر المخابرات الجوية فهذا خير لك لإن ممارسة الجنس الخلفي مع الرجال في المعتقلات هو من أبسط الهوايات لديهم فلك أن تترك لمخيلتك متابعة باقي التفاصيل إن كنت قادرًا على تخيلها أصلًا.

- 2 -

حشد الرجال في الحي كان مثير للرعب، فالرجال وكما هو معلوم لا يحتشدون دون سبب، هناك من المؤكد كارثة تسير بخطوات ثابتة نحو ليلتنا الهادئة، هناك دافِع لا أظنه سيبقى خفيًا لوقت طويل، لإن هسهسات الرجال تشي بمصيبة قادمة.

اقتربتُ من الحشد وعلى طريقة العجائز بدأت أسترق السمع، كثير من لا حول ولا قوة إلا بالله، والكثير من الله أكبر والذي أكد أن هناك كارثة هو الكلمة القاسية "رحمة الله عليه"، إذًا لا داعي للقول أن هناك حالة وفاة فهذا أمر بات واضحًا للجميع، بصوت مرتجف سألت:

_ خير يا شباب من المتوفى...؟

رد أحد الفتيان بصوت أقرب للفحيح:

_ معقول أنت لم تسمع يا أيهم.!!

_ لا والله

_ الأستاذ هاني سلامة

هنا وللحظة ظننت أني لم استوعب الفكرة، للحظة شعرت أن الحياة سخيفة للغاية، للحظة أدركت أن الموت رحلة حتمية لا تنتظر مقدمات ولا تنتظر أسباب ولا تنتظر صبرنا وانتظارنا، لحظة خاطفة تُحيل إنسان بكامل قوته وعنفوانه إلى جثة هامدة وأي جثة...!!؟ جثة المحامي والصحفي المُحنَك " هاني سلامة".

لماذا باغتني هذا الشعور الغريب بكل بساطة لأني صباح اليوم التقيت به وكان كعادته منهمكًا في اتصال هاتفي فمن النادر ألا تجده يضع جواله على أذنه لدرجة أنها أصبحت زائدة خلقية تحتاج إزالتها إلى عمل جراحي دقيق، ألقى تحية الصباح وهرع نحو سيارته مثل الملسوع، لكن ما زاد صدمتي أن زوجته لم تسمع بالخبر لحد اللحظة علمًا أن الأحاديث تقول بأن السيد توفي منذ خمس ساعات لكن لم أُخبرك من تكون زوجته لذلك لم ينتابك ذات الشعور، وحتى نكون أكثر دقة وجب القول زوجته السابقة هي مدام "نسرين"، نعم مدام نسرين والدة الشيطان الذي قمت بحلاقة شعره ظهيرة هذا اليوم.

بين حشد الرجال وقفت مطالعًا النظرات التائهة، فهناك أشياء تكون غير متوقعة، نعم كلنا نؤمن بأن الموت حق وأننا جميعًا سنغادر هذا العالم، ونعلم علم اليقين أن الموت حقيقة لا مناص منها لكن عندما يأتي نشعر وكأنه كان من الواجب أن يكون بعيدًا أكثر أو ربما استعجل القدوم فلا نصدقه لذلك يُقال إن للموت هيبة، تلك الهيبة التي تنسف كل المعتقدات السابقة نسفًا.

أمام الموت تموت كل الأبجديات فتُمسي كلمات المواساة ثقيلة... ثقيلة جدًا، وكأنك تُعيد مشاهدة ذات الفيلم وتعرف كل زاوية أختارها المخرج وتنتظر بفارغ الصبر النهاية، فمن لا يعرف أن الموت نهاية طبيعية لكل مخلوق على ظهر هذه الأرض لذلك تتحول كلمات التعاطف إلى جحيم حقيقي بكل ما تحمله الكلمة من معنى.

خرج الجثمان على المحفة مغطى بالغطاء الأبيض المشؤوم، غطاء كل الجثث التي تموت في منازلها، كل العيون تتابع حركة المحفة وساد صمتٌ لزج، وراح صوت عجلات المحفة فوق الإسفلت الأحرش يطحن أعصابنا طحنًا، هذه نهايتكم هكذا كانت تقول المحفة الصامتة، لا شعوريًا انتابتني نوبة بكاء فجائية وأنا الذي عهدني جميع أهل الحي أني لا أبكي ولا أجيد اصطناع البكاء إلا أن المشهد مؤثر ويعيد أمامي شريط الفقد الطويل، فأنا الذي وُلدت بلا أب، ولدت لأعرف أن أبي سافر إلى مكان بعيد ولن يعود منه، كان الرفاق في المدرسة يتباهون بمهن آباءهم أما أنا فابن الذي سافر إلى مكان بعيد ولن يعود منه.

عندما كبرت قليلًا صارحتني أمي بفكرة الموت بشكل مبسط تماشيًا وعقلي الغض، فأخبرتني أن أبي فقد حياته في حادث سيارة، حادث مؤلم على طريق " حماة _ سلمية" وإلى اليوم تتداول الناس قصة الحادث من فرط مأساتها، رحل أبي تاركًا في قلبي غصة عظيمة لا أجيد التخلص منها، وبعده اختارت أمي الموت هي الأخرى فالسرطان ترك أجساد الكون كله واستقر في نقي عظمها فحاربت من أجلي أطول مدة ممكنة لكنها بالنهاية استكانت لملاك الموت حين قبض روحها في ليلة ديسمبرية باردة، فارقت الحياة وهي نادمة لأنها لم تنجب لي أخًا يسندني عندما أسقُط أو أختًا يحن قلبها علّي عندما أضعُف، كانت تبكي بنهم، أمسكتُ يدها الباردة ولثمتها برفق ولكن لم أكن أعي أنها القبلة الأخيرة التي ستشعر بها، لفَظَت روحها بهدوء وابتسمت، غادرت عالمنا بهدوء كما دخلت إليه تاركة أيهم الصغير يواجه الحياة وحيدًا.

ربما لم أكن أبكي هاني سلامة الجار اللطيف المنهمك في أعماله دائمًا، ربما لم أكن أبكي لأنه ترك طفلًا لا يزال بحاجة لحلاق ماهر يُقنعه بأن شعره سيغدو أجمل، لكن كنت أبكي فكرة الفقد بحد ذاتها، كنت أبكي لأني أعرف حق المعرفة تلك الفجوة الروحية التي يتركها الغائبون.

أولئك الذين يحتلون أجزاء واسعة من أرواحنا يغدوا غيابهم قاس لإن تلك الفجوة في أعماقنا لا يمكن رتقها ولا يمكن ردمها والأصعب أننا نظن أن الوقت كفيل بردم الفجوة لندرك أنها تزداد توسعًا فلا نعتاد الغياب أو الفقد بل نعتاد ألمه، تغدو الغصة

العالقة في أعماقنا جزءًا من صوتنا من هويتنا اللغوية وتغدو نظرة الانكسار علامة فارقة في ملامحنا حتى لمعة الحزن في سواد أعيننا لن يفلح الزمان في مسحها بل هي الأخرى تستجدي دموعنا فنبكي دون أن نشعر.

منذ زمن طويل تصالحتُ مع فكرة البكاء لدرجة أصبحت في كل ليلة وقبل أن أغفو أجلس حوالي الساعة أستمع إلى كوكب الشرق أم كلثوم وأبكي، أصبح البكاء طقسًا حقيقيًا في حياتي فهناك من لا يجيد الحياة دون ممارسة الرياضة أو مشاهدة الأفلام أو السباحة، أنا أصبحت أشعر أن ذرف الدمع في كل ليلة هواية لابد من ممارستها حتى أغسل روحي، رغم أني بنظر الجميع شخص فكاهي وصاحب طُرفة حاضرة دائمًا، لكن كل ابتسامة وكل ضحكة من القلب تخفي في أعماقها جداول من الدموع الساخنة الحارقة لا أذكر أني قضيت ليلة منذ عشرين عامًا دون دموع، حتى في ليالي السجن كنت أبكي بصمت وأكتم شهقاتي علمًا أني لم أكن أشعر بالألم لإن إصابات البدن زائلة وقابلة للالتئام لكن جراح الروح النازفة لا يمكن رتقها ولا يمكن أن تلثمها فتبرد، تبقى نازفة حتى تأكل كل تفصيل جميل في حياتك.

- 3 -

بعد منتصف الليل بقليل وكعادتي أطالع خواء الغرفة، أبكي بصمت ويتهادى صوت أم كلثوم برفق:

أغدا ألقاك يا خوف فؤادي من غد

ألا شوقي واحتراقي في انتظار الموعد

لهذه الأغنية والكلمات تأثير المخدر لروحي، كأن ذبذبات الأغنية تنساب في أعماق أعماقي لتعيدني طفلًا يرتمي في أحضان حبيبته، أتذكر "ترف" حين كانت تستمع لتلك الأغنية وتخبرني كم أن المسافة بعيدة بيننا وكم أن اجتماعنا يحتاج إلى معجزة حقيقية، كانت كل الطرق بيننا موصدة وكأن الله رزقنا الحب لحكمة إلهية نجهلها ولكن اللقاء كان عصيًا جدًا، فكأننا أطفال علينا أن نجتاز حقلًا من الألغام ونحن معصوبي العيون.

أحيانًا يكون الحب منجاة في لحظة ما، يقودك نحو البَر الآمن برفق، لكنه يتركك تائهًا على ذاك البَر لا أنت غرقت لتنتهي ولا أنت تستطيع العودة ببساطة لأنك أحرقت كل مراكبك، حب ترف لا يزال راسخًا في داخلي أشبه بنقش فرعوني عتيق مهما اشتد عواصف العواطف ستبقى عاجزة أمام ثباته، كانت طفلتي البريئة التي يحلو لها أن تبتسم في الوقت الذي تراه مناسبًا وتغضب غضبًا لطيفًا مثل قطة شيرازية غيورة، كانت ملاكًا جاء إلى عالمنا ليكون رحمة للقلوب.

تزوَجَت ترف وربما هي الأن سعيدة، في الحقيقة أتمنى أن تكون سعيدة فالحب الحقيقي هو تلك المشاعر التي تتجاوز عوالمنا المادية وتنمو في عوالم الروح، لا تزال روحها تطفو في فضاء غرفتي ولا يزال صوتها يهمس في أذني بين الحين والآخر ولا أتذكرها أبدًا لأنها فتاة عصية على النسيان، لا أستطيع النظر إلى غيرها وكأن أملًا ضعيفًا خافتًا شاحبًا لا يزال يلوح في الأفق، لم أعرف يومًا كيف يمكن أن نلتقي على أرض الواقع؟ وليس هناك أي حظوظ في ذلك لكن هناك شعورًا داخليًا لا يمكن تجاوزه يخبرني بأن اللقاء ممكن.. فلا شيء مستحيل عندما يريد الله ذلك، وعدَتني ألا تنساني وأتمنى أن تنساني حتى تعيش حياتها بعيدًا عن الذكريات المؤلمة فمن الصعب أن تجد حبًا على مقاس قلبك كما كانت تقول ولكن الالتحام بذلك الحب ضربٌ من المستحيل، لكني وعدتها ألا أنساها وآخر كلمة كتبتها لي في آخر رسالة " ادعيلي..ما تنساني أي " التصقت هذه الرسالة بدماغي وبكل تلافيف مخي وأصبحت لا أسجد إلا وتلقائيًا أدعو لها أن يجبرها الله ويسعدها ويرزقها الذرية الصالحة ويمنح

قلبها السكينة ويطيل بعمر زوجها ويكتب لهما السعادة التي تليق بقلبيهما وأترك حيزًا لرغبة خالصة أقول فيها "يالله إن كان هناك خير لي ولها في اللقاء فأجمعنا كما تحب وترضى وإن كان الخير لها في زواجها فوسع عليهم الرزق والخير".

في الحقيقة لم أستطع إخبار أحد بقصتي مع ترف واعتبرتها سري الصغير الذي احتفظ به داخل قلبي حتى الموت، فإن فشل اللقاء في الحياة الدنيا فاللقاء سيكون في الجنة إن كتبها الله لنا، كنت في بعض الأحيان أتلعثم في الدعاء فلا أعرف كيف أُعَبِر للخالق عمَّ يجول في دواخلي فكنت أكتفي بدمعتين ثائرتين وأطالع وجه السماء والله يعرف ما في ذات الصدور.

لم أبك يومًا بسببها لكن الفراغ الذي تركَته رغمًا عني وعنها كان مؤلمًا حقًا، مؤلمٌ حد الوجع، ذاك الوجع الذي لا أعرف كيف يتم وصفه وكأن هناك قبضة حديدية تُحكِم وثاق قلبك وتعصره عصرًا لدرجة أنك تختنق ثم لا تجد بُدًا من البكاء، غيابها كان حلقة فَقد في تلك السلسة التي لا تنتهي، لكن رغم الفقد والبُعد والدموع والحسرة على كل لحظة جميلة لم أتمنى لها سوى الخير ولا أدعو لها إلا أن يفتح الله كل باب خير ويجعلها مباركة ويغفر لها ذنوبها إن وُجِدَت ويبارك لها في زواجها ويمدها بالصبر والقوة فالحياة كما كانت تقول "مشروع مقاومة"، هناك من يعتبر بالخلاصة أنها خذلتني لكنها لم تفعل وكما قال أدهم شرقاوي "الغصن لم يكن هزيلًا وإنما الرياح كانت قوية" فهي وأنا ضحايا الظروف لكننا أغنياء وأقوياء بالله كما اتفقنا.

- 4 -

رن هاتفي المحمول...

لعل أبغض لحظة في حياتي وأتعسها عندما يرن هاتفي المحمول بعد منتصف الليل، هذا الرنين لا يحمل إلا كارثة، هناك من فارق الحياة أو هناك من سيفارق الحياة أو هناك من هو عالق بين الموت والحياة ويأبى أن يفارقها، طبعًا هذه أجمل التوقعات التي تنتابني مع هذا الرنين فما بالك إن كان الرقم غريبًا، فهو يحمل طابع المجهول، ذاك المجهول الذي سيفسد عليَّ ليلتي.

جاء الصوت منكسرًا لامرأة:

_ أيهم...؟

في تلك اللحظة قلت في نفسي لماذا لا أقول لها أني لست أيهم وهذا الرقم لم يكن يومًا لأيهم، لكن هل تعرف تلك الحاسة التي تستفيق بأعماقك وتخبرك بأن هناك ضمير لا يزال على قيد الحياة ولن يسمح لك بأن تتجاوز هكذا اتصال، تقف الكلمات مختنقة في حلقك، أنت تعرف أن القادم مشكلة وليس بوسعك حلها، أنت تعرف أنها مصيبة من طراز لن نجد أي حل فاتصلنا بك، أنت تعرف أن المتصل يريد أن يخرب بيتك ويلعن وجودك ويدخلك في نفق مظلم من التساؤلات وربما يقودك إلى السجن بتهمة أنك فقط قمت بالرد على اتصاله، أنت تعرف أن هذه المرأة ستقول لك ربما حملت منك عندما صافحتها قبل خمسين عامًا حتى لو لم تكن قد وُجدت أساسًا لكنها حامل منك وكل الإثباتات بحوزتها، أنت تعرف وأنا أعرف لكن قلت بصوت متردد:

_ أيهم معك...من معي...؟

_ انا نسرين...

لست غبيًا حتى أسألها من نسرين...؟ لكن ماذا تريد مني أرملة ومطلقة أنجَبَت شيطانًا صغيرًا قبل عدة أعوام من هاني سلامة، قلت:

_ العمر إلك مدام...

_ الله يسلمك أنا بخصوص هذا الموضوع اتصل بك الأن.

هل الموت تحول إلى موضوع يستحق حوارات بعد منتصف الليل، منذ متى الموت هو قضية للجدل، الموت هو الموت كما عرفته، فلان يذهب إلى العالم الآخر، ثلاثة أيام عزاء، خلاف على الميراث بين أفراد العائلة، بعض الشتائم والمحاكم والكثير من "يلعن أبو هالعيلة " وبعدها تعود الحياة إلى حالتها الرتيبة ويصبح ذِكر المتوفي مقتصرًا على بعض المواقف والذكريات، ورغم ذلك قلت:

_ خير كيف يمكنني أن أساعدك...؟

_ غدًا إن كان لديك الوقت نلتقي في بيت المرحوم وأشرح لك كل شيء.

وافقتُ مذعنًا كما وافقَت الدول العربية على كل قرارات إسرائيل، وافقتُ كما يوافق كل الأطفال بعد أن تقطب الأم حاجبيها، وافقتُ كما توافق فتاة الليل على سعر الليلة الحمراء، كلها موافقات إلا أنك في مضمونها تتمنى لو أنك لم توافق لكن تشعر بأنك كلمة "نعم" فأر سريع خرج من بين شفاهك وقرر أن يظهر في الوقت غير المناسب، تمامًا مثل الرسالة التي تبعثها في واتس اب ثم تُقرر مسحها فتمسحها من عندك فقط، وتبقى موجودة عند الطرف الآخر، ماذا استفاد "مارك زوكيربيرج" من هذه الخاصية سوى أنه جعلنا نقول أشياء في لحظات حرجة لم نكن نود قولها على العموم ليس هذا ما يشغل تفكيري، كيف سأقابل تلك السيدة في بيت زوجها لوحدنا؟ أليست في العِدَة...؟ تذكرتُ أنها مطلقة وليس لديها عِدة، لكن ماذا تفعل المطلقة في بيت طليقها وأنا ما دخلي في الموضوع هل سأكون رجل كرسي مثلًا.

أفكار كثيرة وأسئلة كثيرة لم أجد أي إجابة عنها في كل تجاربي السابقة مع النساء لإن فرويد نفسه أكبر عالِم نفس في تاريخ هذه البشرية قاطبة وقف فاغرًا فاه أمام عقل المرأة وهرموناتها التي تحيل الكوكب جحيمًا لا حدود له، لكن شعرت نفسي كمن يساق إلى المقصلة بموافقته وملئ إرادته، غفوتُ على صوت كوكب الشرق وحلمت أني التقيت ترف في مكان لطيف بعيدًا عن كل البشر.

- 5 -

لا أحب هذه الشمس الحادة التي تستطع في وسط السماء، أشعر وأنها عين تراقب كل تحركاتنا على الأرض، أنا من أولئك البشر أصحاب الطبيعة الضبابية الذين يحبون النوم لوقت طويل في الأجواء الباردة، لست من أولئك الذين يعشقون الصيف والبحر لذلك عندما أرى الشمس بهذه القوة أعرف أن يومًا لزجًا ينتظرني برفقة روائح العَرَق التي تأتي على هيئة غاز مسيّل للدموع.

توجهت نحو الصالون بخطوات متثاقلة، الحي لا يتغير ولا الوجوه تتغير ولا المدينة تتغير ولا شيء يود أن يتغير، كأن الناس تعشق تكرار أيامها بذات الطريقة، هو نوع من الاستقرار لا أنكره لكن لا أحبه، في الحقيقة كنت سأظل أكرهه للحظة التي وصلتني رسالة مدام نسرين لتأكيد الموعد.

دعني أعترف أني " حمار " فأنا من الناس الذين يؤمنون بأن كلام الليل يمحوه النهار، أعتقد أن كل المكالمات الليلية هي عبارة عن هلاوس سمعية، فشخص ما يود أن يعترف بالحب يعترف ليلًا فمن المحال أن تجد من يعترف بالحب في الساعة الثالثة ظهرًا في أزمة سير خانقة وأصوات الشتائم في كل مكان ورائحة العرق تصل إلى الحدود الهنغارية.

لكن على ما يبدو أن مدام نسرين ليست ممن يؤمنون بتلك النظرية فهي واثقة تمام الثقة أني الشخص الذي أستطيع مساعدتها علمًا أن الشيء الوحيد الذي أستطيع أن أساعدها به هو إقناع ابنها بحلاقة شعره وما دون ذلك يعتبر بالنسبة لي مستحيلًا، توقفتُ أمام مقهى عبد الرحمن لأحتسي قليلًا من القهوة برفقة سيجارة الصباح الأولى فمن غير العقلاني أن تكون حلاقًا دون أن تدخن أو تشرب القهوة فمفعول التبغ والنيكوتين يمنحانك قوة غريبة تساعدك على تقبل وجود البشر في حياتك.

عبد الرحمن وسرديته عن غلاء الأسعار والحكومة والإخوان المسلمين والتيارات السلفية والثورة التي ستنتصر وأخبار الدولار والشمال المحرر والمهاجرين وقرارات الاتحاد الأوربي وجامعة الدول العربية وصندوق النقد الدولي ومنظمة العفو الدولية باختصار إن كان هناك اختصار هو أثبت لي أن هناك خلل في ولادته فمن المنطقي أن يولد في إذاعة مونت كارلو وليس في حي الصابونية بمدينة حماة فهناك من سيقدر هذه الموهبة أكثر مني لأني سأتركه يتابع حديثه وأمشي دون حتى أن أوافقه الرأي، سيشتمني أنا متأكد من ذلك لكن لا بأس فهو صديق الصباحات اليومية وإذا استيقظتُ ذات يوم ولم أجده حينها سأدرك أن الشمس أشرقَت من الغرب والقيامة قامت فعلًا.

هؤلاء الذين ليسوا مهمين في حياتنا ويلعبون أدوارًا ثانوية في مسلسل يومياتنا، هؤلاء نتمسك بهم لأنهم فقط من يقنعوننا أن الأمور لا تزال بخير وفقد واحد منهم فقط هو بمثابة خلل في توازننا.

وصلتُ إلى الصالون وجلستُ أنتظر الزبون الأول، كان هناك انقباضًا غريبًا في قلبي ولا تصيبني هذه الحالة إلا إن كانت هناك مصيبة تدنو مني، صحيح أني لا أشعر بمثل هذا الانقباض كثيرًا إلا أن هذا الشعور عندما يعتريني أخاف فعلًا فهو نذير شؤم أو بمثابة هاتف خفي بداخلي يرن جرس التنبيه فيه ليخبرني بأن القادم سيء فأحاول الهرب.

والمشكلة أني لا أستطيع الهرب إلى أي مكان، أراني أقف في مواجهة الأزمة عاجزًا تمامًا مثل صدام حسين عندما أحكموا وثاقه وألقوا القبض عليه داخل البئر، كان مشهد تراجيدي لا يفارق مخيلتي علمًا أني لم أحب صدام يومًا لكن فكرة أن تكون سيد القوم وتصبح مجرد جرذ بين أيدي من يشتهون قتلك هي بحد ذاتها فكرة تثير كل مخاوفي دفعة واحدة.

هذا الانقباض أصابني عندما فارقتُ ترف، ليس الفراق الأخير تمامًا لأني كنت على دراية بأننا سنفترق لكن عندما أخبرتني بأن الموافقة على الفيزا قد وصلت، ربما كان تلك الفيزا هي الخيط الأخير الذي انقطع بيننا، حيث كان زوجها في أحد دول الخليج وكان قد عقد قرانه عليها إلا أن التدقيق على السوريين في أنحاء العالم حال بينها وبين السفر، لدرجة أنها بدأت تفقد الأمل تدريجيًا بأن هذا الزواج ممكن.

كان يومًا لطيفًا منذ بدايته، يوم رمضاني من صنف الأيام الهادئة التي أكرهها لأن الأيام الهادئة اللطيفة هي تمهيد لأي مصيبة وكأن القدر يحب أن يلعب معك لعبة لقد خدعتك، استيقظتُ يومها بكل نشاط وهذا ما أعتبره حدثًا غير مسبوق في حياتي، حدثتُها وتكلمنا قليلًا عن تحضيرات الفطور هي الأخرى كانت سعيدة وتستعد لزيارة بيت أخيها، كانت السعادة تضج في أركان المكان وكنتُ أستطيع أن التمس ابتسامتها في كل كلمة، كانت قد سلمت أمرها لله تمامًا وأخبرتني في حال نجحت الفيزا أو لم تنجح فكله لخير فالله عز وجل لا يختار لنا إلا ما يليق بقلوبنا وبصبرنا.

مضت ساعة على المحادثة شعرتُ بذاك الحبل الوهمي الرقيق الذي بدأ ينساب بدقة فوق عضلة القلب، هناك ألم شيطاني يسير باتجاه عظم القص، طلاب الطب سيقولون إنها أعراض جلطة قلبية فالشرايين التاجية ضاقت أو ربما انسدت فلم تعُد قادرة على تغذية عضلة القلب.

أما العشاق فيعرفون هذا الشعور جيدًا، العشاق يعرفون بأن هذا الحبل الوهمي هو نذير الشؤم الذي لا يبشر بخير أبدًا، حاولتُ أن أكون هادئًا وحاولتُ كظم ارتباكي والتفكير في أي شيء لكن ترف كانت ولا تزال تسكن كل شيء، فلا يوجد تفصيل صغير في حياتي إلا وكانت تلك الصغيرة تتربع فيه وحيدة ولا ينازعها إليه أحد.

مضت ساعة أخرى أو ربما ساعتين فوصلت الرسالة، وصل الخبر الذي يعتبر رصاصة الرحمة في قِصتنا، طلقة من العيار الثقيل اجتاحت كل شيء، تمكّنَت من الفتك بكل حلم صغير بنيته بعناية، وكأنك بنيت في رمال البحر بيتًا وكم تخون الرمال كما قال الشاعر، جاءت تلك الموجة لتهدم البيت وتقوض أركانه فتلك الأحلام كانت هشة مثل جناحي فراشة، لم تَخُن ترف وإنما الأقدار هي التي تمارس عادتها القذرة في خداعنا.

اخبرتني بأن الموافقة على الفيزا قد وصلت، لم أعرف تمامًا ما هو شعور هل أنا سعيد لأجلها؟ نعم.. هل أنا حزين لغيابها؟ نعم.. هل أتمنى أن يكون ذلك حقيقة؟ نعم.. هل أتمنى أن يكون ذلك حلم أيضًا؟! مزيج غريب من المشاعر لم أعُد قادرًا على تفسيرها فاكتفيتُ بالصمت وأدركتُ أني سأكمل الطريق وحيدًا كما بدأته وكل الأحلام تبخرت دفعة واحدة ووجدت نفسي عاريًا تمامًا، عاريًا حتى من الأمل والصبر، وكأن الكون ضاق بي حتى تحوَل إلى خرم إبرة

- 6 -

على طاولة مستديرة تليق بإدارة حوار وطني وليس جلسة عائلية، كنت أنا ومدام نسرين وكذلك رجل لا أعرفه ولكن تعرفت عليه ويدعى المحامي عزام عبد القادر، رجل في الخمسينات من عمره أصلع الرأس وله نظرات مربكة، ذاك النوع من النظرات التي تحمل ألف معنى ومعنى إلا أنك عاجز عن فهم معنى واحد من آلاف المعاني تلك.

شرحَت لي مدام نسرين باختصار شديد من يكون هذا الرجل فهو بدون شروح كثيرة بيت أسرار السيد هاني سلامة طبعًا المتوفي - إن كنت قد نسيت من يكون هاني سلامة - والألطف أن السيد عزام هو من طلبَني بالاسم بناء على رغبة الراحل هاني سلامة.

هنا كان الموضوع غريبًا، ما علاقتي أنا ليدعوني هاني سلامة؟ أو إن صح التعبير ما هو الرابط بيني وبين هاني سلامة؟ كل ما أعرفه أنه جارنا في الحي منذ وُلدت وأعرف أنه محامي ولديه متلازمة الحديث على الهاتف النقال منذ وُجد الهاتف النقال في عالمنا، حاولت الاستفسار من السيد عزام حول هذه الوصية الغريبة فأخبرَني أن هاني سلامة لديه أسرارًا علّي أن أعرفها.

اعتدلتُ في جلستي وشعرتُ أني عضوٌ في منظمةٍ سريةٍ وركزتُ عينّي بطريقةٍ دراميةٍ على الطاولة مفتعلًا القلق والشرود علمًا أن رأسي كان خاويًا مثل طبل ولو نقرته نقرة خفيفة لسمعت صدى النقرة في موسكو.

أخرج من حقيبته ورقة تبدو قديمة نوعًا وشرع يقرأ بصوت خافت هادئ يثير بدوره القلق وتشعر كأن سرب من النمل الدقيق الوهمي يسير على عامودك الفقري ومهما حاولت بعثرته ستفشل:

"ربما من الغريب أن يكون الإنسان في عالم آخر، والأغرب أنه يرسل رسالة إلى من بقي في عالمه الأول، لا أعرف متى وكيف وما هي الظروف التي ستقرأ فيها هذه الوصية لكن ما أعرفه جيدًا أن هناك شخصين أساسيين عليهم سماع هذه الوصية وفهمها جيدًا، فإذا عرفوا كيف يتصرفوا ستفتح الجنة أبوابها أمامهم على الأرض وإذا تهوروا في اتخاذ قراراتهم ستُحيل هذه الوصية حياتهم جحيمًا فعليًا، لكن أنا من منبر الموتى هذا أحذرهم عدم التهاون فمن يعرف هاني سلامة عن قرب سيُدرك مدى خطورة المعلومات التي لا يعرفها عزام عبد القادر نفسه في حال كان لا يزال حيًا ولم يسبقني إلى العالم الآخر.

في الغالب لن أموت ميتة طبيعية ولو حدث ذلك فسيكون بسبب أزمة قلبية فالتبغ يا سادة لعب لعبته القذرة مع قلبي الواهن ولا أظن أن باستطاعته الاحتمال حتى النهاية، الطرف المدعو الأول هو طليقتي اللطيفة نسرين التي أتمنى أن تكون غير متزوجة كما وعدتني والطرف الثاني جاري المهذب والمعذب الحلاق أيهم الراهب."

توقف الرجل عن الكلام عند هذا الحد وطالعنا بنظرة مفادها أن هذا الرجل يعي ما يقول تمامًا فلذلك خذوا حذركم، قلت بنفاذ صبر:

_ انتهت الوصية...؟!

رد بصوت جاف:

_ اي نعم

حاولت كظم ضحكة فاضحة وقلت:

_ صح أنا _ حمار _ لكن ليس لدرجة عدم فهمي لأي حرف وارد فيها

رد هذه المرة بحزم أكبر:

_ اليوم هو أول ايام العزاء بعد اليوم الثالث ستبدأ المصائب

كلماته كانت جادة فعلًا لدرجة أن سرب النمل إياه تسرب إلى قلبي هذه المرة وعرفت تمامًا أن الحاسة السادسة التي أمتلكها لا تزال تعمل بكفاءة عالية، إذًا فعلًا هناك مصيبة قادمة، لكن المصيبة الأعظم أن مدام نسرين كانت تطالع شاشة جوالها وتبتسم تلك الابتسامة الرقيقة وكأن المتوفي لم يخلع ثيابه أمامها أبدًا في غرفة النوم وكأن الوصية المقتضبة ليست إلا دعابة غبية لا معنى لها وهنا أدركتُ أن النهاية التي لم أتوقعها في حياتي ستكون على يد أرملة الراحل هاني سلامة.

- 7 -

قالت وهي مرتبكة بأنها لم تحبه يومًا، قالت أيضًا أنها ستعترف أن وجوده في حياتها كان ضرورة لا أكثر فعندما يقض الفقر مضاجع أي بيت في هذا العالم تبدأ رحلة البحث عن المال وسواسًا قهريًا.

في العشرينيات وعندما أدركَت أن والدها لم يعد يطيق تحمل أعباء وجودها في المنزل قررَت العمل، لها من الإخوان الذكور ثلاثة إلا أن زوجاتهن نجحن في جعلهم أغرابًا عن دار أبيهم وخصوصًا عندما قرر الشيخ _ أي والدها _ الزواج بعد وفاة أمها، لم تكن راغبة بزواجه ولا هي تود أن يكمل حياته وحده لكن وجود امرأة في بيت أبيها جعل الحياة أقرب لنهش الصخر.

في كل صباح كانت تستمع لكلمات الانتقاد التي استحالت إبرًا دقيقة تمزق روحها الواهية، ربما هي سُنة الكون ونواميسه غير المحببة، فالرجال لا يمكنهم العيش دون امرأة تعتني ببقايا رجولتهم، أما هي وبصفتها الفتاة الوحيدة كان من العسير على زوجة أبيها أن تتركها وشأنها بل كان من المستحيل ألا تلعب دور زوجة الأب بكل احترافية فهي الشيطان لو جاء على هيئة امرأة.

والدها الذي قضى سنوات حياته كلها دون أن يهينها بكلمة بدأ يضربها بعنف وكأن زوجته كانت تشحذه في كل ليلة، فأضحى مثل أولئك الذين يمارس عليهم التنويم المغناطيسي فيُمسون أدوات خطيرة لا يمكن تقبلها في أيدي من لا يتمنون لنا الخير، بحثت عن عمل في الصحف والمجلات وعن طريق أقاربها وأباعدها، كانت تريد سويعات تعيش فيها حرة بعيدًا عن كابوس يومياتها المقيت وبعد بضعة أشهر جمعها اللقاء الأول.

رجل هو... عجوز نوعًا مقارنة بها... تجاوز الستين بعدة أعوام... وقور جدًا متأنق جدًا لدرجة أنه لا يزال يؤمن بأنه شاب ثلاثيني طائش... متزوج "الله وحده يعلم" إن كان متزوج أو أرمل أو مطلق فعلاقاته النسائية كثيرة، لدرجة أن أي أنثى مهما كانت ساذجة ستلاحظ رائحة العطور على ثيابه وستلمح شعيرات طويلة شقراء وحمراء وربما خضراء مترامية فوق ثيابه.

معروف جدًا بمهارته وإتقانه لعمله ويُقال بأنه يستطيع أن يمنح المحكوم بالإعدام البراءة البيضاء لو أراد حرفيًا لا مجازًا، لا تُنكر أنها كانت معجبة به إلى حد لا بأس به ليس كرجل ولكن دعونا نقول كرجل ناجح، فالأنثى بطبيعتها تميل لأولئك الأقوياء الذي يكون بالإمكان الاعتماد عليهم في لحظات الضعف فقررت أن تتخذه أبًا روحيًا، لكن للأب الروحي كان هناك مأرب أخرى كانت تعيها لكن تحاول تجاهلها.

نظراته ولمساته وطريقة كلامه فاضحة تشي بأشياء كثيرة تفهمها كل إناث الأرض حتى إناث القطط والطيور المهاجرة إلا أنها تحاول أن تبرر ذلك لسبب وحيد بأن ترك العمل والراتب المغري سيُقعدها أسيرة المنزل، المنزل الذي لم يعد يطاق وخصوصًا بعد أن أفلحت زوجة أبيها بإحضار ابنها إلى المنزل ليتخذ من غرفة شقيقها بارًا له ولأصدقائه.

وفي ذاك المساء الصيفي كانت توضب أغراضها وترتبها لترحل بعد انتهاء الدوام، كان هو في مكتبه منهمكًا في حديث طويل مع أحد المراجعين، حديث من جملة الأحاديث غير المفهومة لها، شحنات ستدخل وأخرى ستخرج، موافقات عصية وأوراق ثبوتية وسلسلة لا تنتهي من مراجعة الدوائر الحكومية.

قرعت الباب وطلبت الإذن بالرحيل إلا أنه طلب منها أن تتمهل قليلًا فهو من سيوصلها إلى المنزل، قليل من الصبر لن يؤذي أحدًا فهي أصلًا عندما تعود إلى المنزل تعود كالأشباح لا أحد يكترث لقدومها حتى والدها الذي كان يهلل عند رؤيتها بات باردًا كجبل من الجليد تمر أمامه مرور الأطياف وتحاول أن تلفت انتباهه بأي حديث سخيف عن الطقس أو عن ساعات العمل أو عن الفساد في البلاد فتكون ردوده من ذاك النوع الممل من الردود المتمثل بهزة رأس ليس لها أي معنى.

جلست تطالع شاشة التلفاز المعلقة في غرفتها فهي السكرتيرة التي تحتاج إلى بعض الترفيه في ظل ضغط العمل الطويل، كانت شاردة الذهن تطالع شاشة التلفاز بعينين فارغتين من أي ردة فعل وكأنها تتأمل التلفاز لا تشاهده، خرج المراجع وهو يحاول أن يترك انطباعًا جيدًا لكسب ثقته - ثقة المحامي لا التلفاز طبعًا - وكان المحامي يحاول التظاهر بأن كل الأمور تسير على ما يرام.

لا أظن أن من الصعوبة فهم بقية ماذا سيحدث، لكن دعنا بعين الخيال نرى معًا تلك الفتاة اليائسة عندما تجد نفسها منكسرة إلى جانب رجل يقدم لها وفرة من الطمأنينة والأمان وفرة من المال والثقة بأن الغد سيكون أفضل برفقة رجل قادر على تذليل الصعاب بمهارة، من المؤكد أنها ستقع في الشرك وستذهب معه حيث يذهب وكأنه القارب الأخير المُلقى إلى جانب اليابسة، هو الشمعة الأخيرة القادرة على تبديد الظلمة، لا داعي للقول أن الفتاة هي من أصبحت مدام نسرين والرجل ذو الهيبة والوقار الذي تزوج فتاة بعمر بناته سرًا هو هاني سلامة، ومن البساطة أن تستنتج أن هذا الزواج لا يدوم طويلًا فهو زواج تغلبه العواطف، ليست عاطفة الحب طبعًا وإنما شهوة الذكر وضعف المرأة عندما يجتمعان ستكون النهاية هي زواج تقليدي تافِه يفخر به مجتمعنا.

لا أظن أن قصة مدام نسرين تعتبر غريبة فمجلات "الفيمنست" تذخر بهذا النوع من القصص، لكن هل كانت مظلومة فعلًا في كل تلك الحكاية، لا أعتقد ذلك وبنفس الوقت لا أظنها ظالمة، في كلتا الحالتين اليوم وبعد رحيل هاني لا يزال أمامها فرصة الزواج من شخص يمكن أن يعينها في حياتها، فهذا الشيطان الصغير سينمو بعد مدة بسرعة فائقة ويتحول إلى مراهق يلاحق مؤخرات الفتيات ونهودهن البارزة ويستمني ليلًا على الأفلام الإباحية ويحترف معاكسة النساء في الشوارع والمرافق العامة وهنا سيكون بحاجة لأب يزرع صفعة على وجهه تعيده للمسار الصحيح قبل أن يتحول إلى تاجر مخدرات أو قاتل متسلسل.

أخبرتُ ترف في ذات ليلة إني أخاف من الإنجاب، أخاف من تحمل مسؤولية طفل ينمو كل يوم، أخاف حقًا من تلك اللحظة التي سأراه فيها وأدرك أن هذا الطفل من صلبي كم سأكون سخيفًا تافهًا عندما أعجز أمام متطلباته، كم سألوم نفسي في حال لم أُحسن تربيته، ضحكت ترف يومها وقالت ألا تريد أن تنجب مني...؟

استحكمت الغُصة في قلبي يومها، استحكم الحزن بِكل نَفَس وبِكل شريان وبكل وتين يغذي عضلة القلب، لا تعرف هي كم أُحبها، لا تعرف هي أن يوم اللقاء هو حلم بعيدَ المنال، لا تعرف هي أني أعشق رائحتها التي تخيلتها والتي تستقر في كل كياني وكأنها لعنة تطارد كل نَفَس من أنفاسي، ربما بل أنا متأكد أن كل مخاوف الأرض تموت عندما احتضنها عندما أمسح دمع الفرح عن عينيها عندما أقبلها، كم كان سؤالها عفويًا وكم أصابني في مقتل فكنتُ أعرف أن هناك من قَطَف الزهرة قبلي وأعرف أني لن أطالها إلا حين نعيش معجزةً أسطوريةً ترويها الأجيال ورغم أن زمن المعجزات قد انتهى أجبتُها بأن هذا هو حلمي أن أرى طفلي يخرج من أعماقها مبللًا بالدم، كم حلُمت وحلمت بتلك اللحظة لكن القَدَر كان أقوى مني فعلًا غلبتنا المسافات والظروف، غلبتني قِلة حيلتي وضعفي وعجزي لا ألومها أبدًا فالحُب لا يكفي وحده لبناء عُش زوجية في بلاد تحترف قنص طيور الحُب وزجها داخل السجون كانت ترف ولا تزال وستبقى هي حُلمي وهي الدعوة الوحيدة التي أتمناها.

ودعتُ مدام نسرين تاركًا خلفي أكوام حكاياتها تحترق، فحتى أكون صادقًا وأنتم تعلمون أني مؤمن بأن كلام الليل يمحوه النهار لكن بشرط واحد هو أن يمر الليل بسلام، أخذتُ قدح القهوة وجلست أمام باب الصالون المُغلق أتأمل خواء الليل وهُنا حدث مالم يكن في الحسبان، ثلاث رصاصات سريعات اخترقن صمت المكان الثقيل، دراجة نارية عبرت أمامي بسرعة لم يدركها العلم بعد لتحديدها وأظن صاحب الدراجة عَبَر الزمن حرفيًا لا مجازًا تاركًا لي مظروفًا ملقى أمامي يشبه جثة طائر الحبار.

من قال أني لا أخاف المظاريف التي تُلقى من الدراجات النارية المُسرعة؟، من قال أن ثلاثة عقود كفيلة لتمنع قلبي عن الخفقان بسرعة؟ من قال كل ذلك؟ لقد شعرتُ بالرعب فعلًا وأدركتُ أن حديث السيد عزام حقيقية لا مجال لدحضها.

فتحت المظروف وليتني لم أفعل.

من المؤكد أنها ليست رسالة من عاشقة متهورة اختارت منتصف الليل لتثير أشجاني وعواطفي فأي عاشقة لا يستهويها حالة الفزع التي عِشتها، فلذلك عندما رأيت طلقتين ممهورتين باللون الأحمر القاتم دعني أقول لك أني اكتشف أني ذكي فوق العادة فهذا لا يسمونه إلا "تهديد" هناك من سيفرغ رصاصتين في رأسي في حال فعلتُ شيء ما، لكن لو كان هذا القاتل تكرم علّي وقال لي ما هو الشيء الذي يمنحني الحياة مقابل ألا أقوم به وسأفعل دون تردد، لكن أنت تعرف عقلية القتلة يظنون أن الضحايا يعرفون كل الحقائق ولا يكتشفون أن الضحية بلهاء ساذجة إلا في آخر حلقة من المسلسل أو آخر لقطة من الفيلم، وعليه وبكل فخر سأكون تلك الضحية البلهاء التي سيتم قتلها دون أن تعرف سبب القتل.

لكن بعد ربع ساعة عرفت أن الرصاصة الثانية لم تكن من نصيبي فيبدو هذا القاتل يتبع سياسة التقشف التي تمارسها الحكومة بحقنا، وعليه رصاصة لي ورصاصة لمدام نسرين إما في الرأس أو في عضلة القلب، كيف عرفت ببساطة لأن النساء هستيريات بطبيعتهن فما إن وصل المظروف إلى شرفة مدام نسرين اتصلت بي واخبرتني أنها وجدت ورقة مكتوب عليها " هل الحلاق سيحميك...؟".

بصراحة زادني الفخر فخرًا آخَر بهذا القاتل فهو يعرف أني ساذج وسأخاف من مجرد رؤية الطلقة ويعرف أني غير قادر على حماية نفسي فما بالك بحماية مدام نسرين التي تحتاج إلى قوات قسد حتى تحميها من بطش صاحب الدراجة الذي يبدو مُتحديًا لا يخاف شيئًا.

حاولت أن أخفف عنها وأقول أن الأمر طبيعي لكن في الحقيقة الأمر ليس طبيعيًا، هل الناس في كل أنحاء العالم يتلقون تهديدات على مدار الساعة؟! فكرتُ قليلًا بالموضوع ما هو الدافع الذي يمنحك القوة لقتل أحد سوى أن هذا الأحد يعرف أكثر مما يجب أن يعرف وهذا ما أدركتُه عندما سَرَدَت لي مدام نسرين القصة التالية.

"لكل شخص في هذا العالم أخطاء، وهذه الأخطاء إما أن تكون عادية وإما أن تكون كبيرة نوعًا ما، وإما أن تكون على هيئة مصيبة، وهاني سلامة كان يُفضل النوع الأخير وكأن هوايته الدخول في المصائب، ففي ليلة ماجنة وأقول ماجنة لإن بين الأزواج هناك تلك الليالي عندما تتعرى الزوجة وتجلس في حضن زوجها وتستمع لهلوساته بعد الجنس والقليل من الخمر فأخبرها بأن أوراقه مكشوفة لمجموعة من ضباط النظام وسيتخذون من تلك الأوراق وسيلة للضغط عليه، وبغنج مدت يدها إلى الأماكن التي أظن أنك تعرفها وقالت: وهل هناك من يستطيع أن يضغطك غيري؟ قال بنفاذ صبر بعد أن شعر بلمساته الحارقة:

_ نعم المخابرات

قبَّلته على صدره وقالت:

_ ماذا فعلتَ أنت يا صغيري...؟

أخبرها بأنه لم يفعل شيئًا لكن هناك صندوق أسود - هذه المرة صندوق حقيقي في المزرعة - فيه بعض الوثائق المهمة، التقط عقل المرأة تلك العبارة، صندوق أسود في المزرعة وبعدها غرقا في نوبة من اللذة والمتعة وخصوصًا أنها كانت في ذروة شبقها وكان في ذروة شهوته، لماذا حدثتني عن تلك التفاصيل؟! وضحكت أود ألا يكون ما في رأسي صحيحًا، فهذه المرأة مستنفرَة دائمًا وأخشى النساء المستنفرات.

- 9 -

أن تذهب إلى مزرعة هاني سلامة مصيبة، وأن تكون أرملته معك كارثة، فما بالك أن يكون ابنها معنا؟!

طوال الطريق نحو المزرعة كان متمسكًا بلحيتي يسعى لاقتلاعها فكأنه يسعى للانتقام مني بعد أن حلقتُ شعره، كانت السيارة تهتز وقلبي يهتز معها لمدام نسرين - لا السيارة - فحركة صعود وهبوط نهديها معًا مثيرة لكل شيء ويجب أن أكون تمثال بوذا حتى لا أقع في الشَرَك.

من الأسرار التي لم أخبر بها أحد سوى ترف أني أحب النهدين الكبيرين، لا أعرِف لماذا تستهويني فكرة اعتصارهما براحة كفي، صحيح أن غالبية الرجال في الكوكب يفضلون ذاتَ الشيء لكن دعني أُصارحكم أن رغبتي جامحة نوعًا ما في هذا الشأن ومِن مواقف الطفولة المُحرِجة التي من المستحيل أن أنساها عندما ذهبتُ برفقة أمي إلى طبيبة الأسنان.

كنتُ مراهقًا وكلمة مراهق بحد ذاتها تعطيك نصف المعنى، فالمراهق في بلادنا مهما كان ليس بنظر أحد إلا كائن شهواني هو الشهوة بحد ذاتها تسير على قدمين، دخلنا العيادة وعلى كرسي عبور الزمن كما ظننت ليتبين أنه كرسي لا يعبر إلا الألم من خلاله تمددت مثل كلب تاركًا الطبيبة تبحث في أسناني عن مصيبة ما، وهنا أدركتُ أن هناك أشياء أجمل من الأفلام الإباحية، الإباحية نفسها، انحنت الطبيبة لتنتصب كل شعرة بجسدي وانتصبت أشياء أخرى لا يسعنا ذكرها لكن يسعك فهمها بسهولة، كان صدرها كبيرًا لدرجة أن نجمات أفلام البورنو يحلمُن بربع هذا النهد الحليبي البَض، والشامة الحمراء التي تستقر بجانب الحلمة الكرزية الناعسة، هل رأيت الحلمة...؟ نعم يا صاح لإن اختراع حمالة الصدر لم أظن أنه وصل إلى الطبيبة بعد أو أن حجم صدرها لم يُخترع له حمالة صدر بعد، أو أنها أراحت طائري الحجل من قفص الحمالة ليستنشقا رائحة الحرية وأستنشِق أنا مرارة العجز.

ماذا حدث بعدها؟... حدث أن الطبيبة لاحظت ما تظن أنها يمكن أن تلاحظه وضحكت ضحكة ساخرة، فلا أظن إني في عمر كنت قادرًا على إخماد لهيب شهوتها فماذا تفعل حبة الفاصولياء في القِدر يا سادة؟، لا تُسمن ولا تغني عن جوع... وأي جوع...!؟

بعد حوالي الساعة وصلنا المزرعة القابِعة شرق مدينة حماة في الطريق المُفضي إلى مدينة سلمية، الطريق الذي لا تجمعني به ذكريات جميلة فهنا رحل والدي حسب الرواية السائدة، على هذا الإسفلت تفتت جثمانه مثل وردة يابسة صفعتها نوبة من الرياح العاتية، ركن السائق السيارة وترجلنا وكانت مُهمتي حمل

الطفل النائم لأنه غفى على الطريق وهذا كان فضل من الله ومنة عظيمة، فنوم الأطفال نعمة كبيرة، فما أروعهم عندما يستسلمون للنوم تحسبهم ملائكة، لكن ما أن يفتح أحدهم عيناه حتى تحسبه شيطانًا من طراز لوسيفر ورفاقه.

هل هناك داعي لوصف المزرعة، لا أظن.. تذكر أي مزرعة مررت بجانبها وعرفت أنها مملوكة من قبل طبقة "الهاي لايف" من هي طبقة الهاي لايف؟ هي الطبقة التي تشاركك الحياة على هذا الكوكب والفرق بينك وبينها أنك أنت تأكل ليعيشوا، وهم يأكلون أحلامك ذاتها.

دخلنا إلى الفيلا الفاخرة وكانت ملامح مدام نسرين قد تبدّلت نوعًا وكأنها قضت ليالي جميلة هنا بقرب المدفئة، لماذا تظن ظن السوء وتحسب أني أقصد أنها ليالي حمراء كانت صاخبة بالخمر والجنس، نعم هذا ما قصدتُه فنحن معشر البروليتارية لا نحسب هذه الأماكن الراقية سوى غرف لممارسة الجنس بأريحية، وأظن - والحديث في سرك - أننا على حق، فلقد خلَعَت سترتها وخلَعَت قلبي معها وراحت تتكأ في كل زاوية ممكنة لإخراج الصندوق الأسود و وقفتُ انا أحمل الطفل مثل اي متسولة صادفتها في حياتك تعاني لوثة في عقلها.

كنتُ أراقب حركة مدام نسرين، وأتأمل كم الأموال المهدورة في المزرعة، لو أن هاني سلامة - رحمه الله - تصدق بربع قيمة هذه المبلغة لأطعَم محافظة حماة مدة شهر كامل وكان الأن ينعم في الجنة في حال لم يكن ينعم بها أصلًا الأن برفقة الحوريات.

ولا أعرف كيف قفزت إلى ذاكرتي ترف مجددًا فهي تقفز دائمًا في ذاكرتي، وتمنيتُ لو فعلًا أموت في هذه اللحظة وألتقيها في الجنة لأني أُقسم أن كل نساء الأرض ممكن أن يلعبن بأوتار شهوتي وهذه غريزة وكانت تنصحني دائمًا بغض البصر عنهن إلا أنها الوحيدة بين نساء الكون جميعًا تجيد العزف على أوتار قلبي.

وفي آخر مرة راسلتني طلبت مني الحفاظ على صلواتي وعلى وِردي القرآني وعلى الصدقة حتى لو كانت إطعام فقط وكانت تصر على أذكار الصباح والمساء فالمرء يحشر في الجنة مع من يحب، وهذا ما كان يخفف علّي وطأة غيابها، كم هي المدة التي لم أسمع فيها صوتها؟ ربما طويلة جدًا لكن صوتها لا يزال في أروقة قلبي وكأني بالأمس فارقتها، اعتبرتها واعتبرها استثناءًا في زمنٍ كثُر فيه التكرار، فكل الناس وكل النساء لهن ذات الطابع إلا هي لون مغاير اختار أن يكون طاقة متجددة للسعادة لن أنساها من الدعاء ما حييت، فهناك من يترك أثرًا على الرمال فيزول أما أولئك الذين يحفرون أثرهم في قلبك ستحافظ عليهم مهما طال غيابهم..

- 10 -

جلستُ على أريكة مريحة تفوح منها رائحة عطرية ولك أن تضع نفسك مكاني لأتخيل تلك الليالي الجميلة التي قضتها مدام نسرين على هذه الأريكة، لكن حاولتُ كظم أفكاري قليلًا والتفتُ إلى كتاب كان مُلقى بعبثية على الطاولة، كتاب لا معالم له حاولتُ أن أقلبه برفق لأن أوراقه كانت متهالكة مثل أوراق شجرة فَتَكَ الخريف في كل تفاصيلها، ربما كان هذا الكتاب رواية أو دليل هاتف أو كتاب في القانون الدولي لكنه اليوم مطموس الهوية فلا معالم ولا حروف واضحة، يومًا ما كان هذا الكتاب جديدًا بهيًا تفوح منه رائحة الورق والحبر، يومًا ما خرج من المطبعة تقاذفته عشرات الأيدي مرت على حروفه مئات الأصابع، قصة الكتاب هذا هي قصة حياة كل شيء في حياتنا.

دائمًا تكون البدايات جميلة هادئة كل البدايات تمنحك شعورًا بالأمان والطمأنينة والسلام الداخلي وتشعر في بعض اللحظات أنك في عالم آخر لا يوجد فيه كل هذا الروتين والملل والتكرار، كانت بدايتي أنا وترف أشبه بحلم يداعب عيون ناعسة كانت وردة أزهرت بالحب وأصبحت ابتسامتها أكثر سحرًا لأنها أساسًا ساحرة وأخبرتني ذات مساء أننا نُزهر مع من نحب وكأن الحب يمنحنا طاقة عجيبة للمقاومة يمنحنا إصرارًا لنتشبث بالحياة أكثر، يعيننا على تجاوز الأوقات الصعبة ويمدنا بطاقة من الصبر لا حدود لها ناهيك عن تلك المساحة الحرة من الأمان التي تبوح فيها بكل مخاوفك وكل ما يشغل تفكير، كنا ننتظر نهاية اليوم حتى نخوض غمار الحوارات الشيقة، حوارات البدايات والتعارف، أن تكون في صحبة من تُحب فأنت أمام مرآة نفسك أنت تحدث روحك فلا تخاف لومة لائم ولا تخشى أن تخطئ فالطرف الآخر هو جزء من روحك يغفر لك ويفهمك دون أن تقضي ساعات طويلة في الشرح كانت ترف هي ذاك الجزء مني فلم أشعر بالأمان قط إلا حين كنتُ أحدثها عن همومي ومخاوفي فكانت تمسح على شعري وتقول: تعال يا صغيري.. تعال يا طفلي المدلل.. تعال يا وحيد قلبي.. لقد اتعبوك، كانت تمنحني كل حنانها لدرجة كانت أنفاسي تتلاحق وأستشعر رائحة عطرها الطفولي في كل أشيائي.

صَرخَت من الغرفة المجاورة "وجدتها"، ارتعدت مفاصلي واهتز كياني وشعرتُ أن أنفاسي تلاحقت بشكل أقرب للاحتضار، هذه المرأة رغم جمالها وأنوثتها مرعبة لدرجة انتابني شعور للتبول اللاإرادي، طبعًا وجدت الصندوق الأسود وجاءت تحمله برفق وكأنها تحمل رضيعًا صغيرًا وبعينين متحديتين طلبت مني أن أفتح الصندوق، لم أفكر كثيرًا، أمسكتُ الصندوق الخشبي وبحركة بسيطة عالجت قفلًا صغيرًا وفتحته، انبعثت منه رائحة المكاتب.

هل دخلت إلى دائرة حكومية هناك رائحة موجودة في تلك الأماكن فهي مزيج من الطلاء والمقاعد المطاطية والأوراق والأحبار والتبغ، تلك الرائحة عينها التي تلقفها أنفي عندما أفرج الصندوق عن أسراره.

الكثير من الأوراق المرتبة بشكل منمق والكثير من "الفلاش ديسك"، صور مطبوعة وصور ملتقطة بكاميرات قديمة، وجوه غير معروفة وأسماء مجهولة وأظن أن كل هؤلاء يتوعدون بخراب بيوتنا لو اطلعنا على هذه الوثائق التي تحمل طابعًا سريًا، ولأن الفضول قتل القط - كما قال الإنكليز - بدأتُ بالبحث بعناية عن أهم شيء وأسهل شيء "الصور" حاولتُ التدقيق في الوجوه لعل الذاكرة المترهلة في دماغي قادرة على استقطاب شيء من أعماقها أما مدام نسرين فكانت تطالع صورة السيد هاني بحنان.

فعلًا هناك مكان للحب رغم علاقتهما الغريبة فمن المحال ألا يبقى هناك أثر للود والمحبة فهناك ابتسامات وضحكات ولحظات جميلة جمعتهما معًا بالتالي من المستحيل أن تنساه بهذه البساطة، طالعتُها بهدوء حتى لا أُفسد عليها خلوتها وانسحبتُ قليلًا إلى الوراء تاركًا لها مساحةً خاصة، ربما أرادت البكاء ربما أرادت الضحك فكما تعلم ونعلم ويعلمن أنهن هستيريات، ففي أي وقت غير متوقع يمكن للمرأة أن تعيش حالة حزن أو فرح، فلذلك كل ما هو مطلوب منك احتواء تلك اللحظة، وحتى لو كانت غير طبيعية حاول أن تُقنع نفسك بأنه أمر عادي جدًا فمن الممكن أن تجد أنثى أي انثى غارقة في نوبة ضحك وبعد أقل من دقيقتين تبكي بكاء المحرومين من السعادة فلا تُجادل ولا تناقش ولا تسأل ولا تصمُت ولا تتحدث...

طبعًا ما فهمته من الصندوق كارثة، فالأوراق تشي بحكايات عظيمة لا يمكن للعقل البشري فهمها بسهولة، فهنا مثلًا مجموعة من عقود الزواج لمجاهدين من فصائل مسلحة في الشمال السوري موقَّعة تحت ما يُسمى "جهاد النكاح" وتحمل تلك العقود أسماء ضباط رفيعي المستوى في قيادة الجيش الحر، الأزمة ليست هنا فحسب بل هناك ضباط من النظام متورطين في تصديق تلك العقود وإدخالها إلى سجلات رسمية في الحكومة السورية.

هناك نساء ليسوا سوريات تم تجنيسهم بشكل سِري لإبرام عقود زواج وإبرام عقود مِلكية لعقارات داخل الأراضي السورية، ونحن نتحدث هنا عن ضباط برتبة لواء أو عميد ركن وأسماء ربما لم تفكر يومًا أنهم بهذا الجنون، المشكلة لو اعتبرنا ما هو موجود في الأوراق ضرب من التبلي والتجني وكذب وافتراء فكل ذلك مُرفَق بتسجيلات صوتية مدروسة ومقاطع فيديو، عمليات اغتصاب في معتقلات النظام

السوري، قتل بدم بارد ممارسات لا أخلاقية، صور واعترافات تقشعر لها الأبدان، فعلًا المصيبة من أين جاء هاني سلامة بكل هذه المصائب...؟ هل كانت هوايته جمع المصائب والتهم؟ على غرار من يجمع الطوابع وأوراق الأشجار اليابسة...!

بين الأوراق وجدتُ قطعة قماش تشبه تلك "التمائم" التي كان يخيطها الشيوخ بهدف الحماية من العين والحفاظ على الزوج والإنجاب، فكانت النساء يهرولن إلى أولئك المشعوذين والسحرة لرصد أزواجهن والحفاظ عليهم من خلال تلك التمائم على العلم أنها نسج من الخرافات لكن تكرارها جعلها حقائق لا يمكن الاستغناء عنها فعندما تقول "أم شخص ما" أن ابنتها تزوجت عقب الرقية الشرعية وحِجاب خاطه الشيخ الفلاني ستُصدِق كل نساء الحي أن الشيخ الفلاني ولي من أولياء الله الصالحين، وسيتحول منزله إلى كعبة تطوف النساء حولها لجلب الرزق والحظ والوفرة والسعادة.

الجهل يا سادة تربة خصبة يمكن أن تزرع فيها ما شئت يكفي أن يكون العقل محدود والتفكير مُنعدِم وستُقنِع أجيالًا وأجيال أن الفيلة تتكاثر عن طريق البيوض، وهات أي صخرة عملاقة وقل لهم هذه هي بيضة الفيل وسيصدقون دون أي تفكير.

فتحتُ خيوط تلك التميمة برفق محاولًا ألا أوذي ما بداخلها فمن وضع تلك الأمانة بهذه العناية من المؤكد أنه يريد الحفاظ عليها، كما لك أن تتوقع وجدتُ فلاش ديسك وبسرعة وضعته داخل جهاز اللابتوب وياليتني لم أكن فضوليًا لهذا الحد فأنا كنت أمام مكتبة للأفلام الإباحية، لكن أي أفلام يا صديقي، أنت تتحدث عن رجال أعمال سوريين وعرب وأيضًا رجال دين وضباط في الجيش، هناك من نصب فخًا محكمًا لهؤلاء وقادهم إلى وكر الحيَّة وهم معصوبي الأعين.

الفيديوهات موثقة بالتاريخ والوقت وهذا ما يمنحها مصداقية، فهي غير مفبركة، وقفتُ عاجزًا مذهولًا فأنا أمام سلاح ذو حدين لو أردت ابتزاز أصحاب هذه الفيديوهات لجنيت ثروة عظيمة لكن السؤال الأعظم هل يمكنني الحفاظ على حياتي في مواجهة طواغيت ووحوش من هذا النوع...؟

الجدير بالذكر أني لست وحدي أمام هذه المصائب كلها بل هناك مدام نسرين التي تركتني ونهضَت تعد لنفسها قدحًا من الشوكولا الساخنة على اعتبار أني لوحة جدارية غير موجودة ولا تأكل ولا تشرب، قلتُ لها بأن هذا الصندوق هو الجحيم نفسه لو حاولَت فهم ما أقول، ارتشفَت قليلًا من الفنجان الضخم الذي تحمله وقالت بنبرة لا تخلو من اللامبالاة: إن هاني حياته كلها مشاكل ولم أستبعد أن يموت قتلًا أو شنقًا من خصيتيه، العبارة الأخير جعلتني أشعر بأن الإعدام شنقًا من الخصيتين هو أسوء أنواع الموت، لكن أود لو أني بارد مثلها لا أرتبك لدرجة أني أكاد أقيء كل ما في أمعائي من فرط الخوف، تخيل أن أصحاب الفيديوهات والصور يعرفون

تمام المعرفة أننا أصبحنا نمتلك هذه الوثائق ومن البديهي أنهم سيفكرون في إتلافها وإلا سيتم إتلافنا معها، وحتى لو حلفنا وأقسمنا أننا سنتلفها بسلام بعيدًا عن تسليمها للجهات المعنية فلن يصدقوا وسيبقى الشك موجودًا بالتالي التخلص منا برفقة الوثائق هو الحل الأنسب، وهنا بدت لي الفكرة مرعبة فما يحدث هو أشد حالات الرعب وأكثر تيمة مشهورة في أفلام الرعب وأدبه، الرجل الذي بات يعرف أكثر مما يجب أن يعرف فعلمه بالشيء يعادل حياته فهل سينجو؟ أم أنه متروك ليواجه قدر الموت برصاصة غادرة في زقاق ضيق؟

طالعتُ الغرفة من حولي وقلتُ بصوت متهدج غارق بالضعف:

_ والأن ما هو الحل...؟

قالت بصوت متثائب غبي جدًا:

_ تخلص من كل شيء داخل الصندوق وكأن شيئًا لم يكن.

نظرت نحوها وتمنيت لو أني أستطيع التهام حنجرتها، لو أني أستطيع تهشيم رأسها، من أين تأتي النساء بكل هذا الذكاء، تظن نفسها بهذه الكلمات المتبلدة مثل إمرأة سمينة تقرع جرس انتباه في رأسي، وفي اللحظة التي اقترحَت حلها الذي من المستحيل من وجهة نظرها أنه مر في ذهني سأقفز من الفرحة وأقول أن هذه الفكرة ممتازة كيف لم يخطر في بالي التخلص من كل هذه الأشياء، قلت بهدوء:

_طيب اتصلي ب عزام عبد القادر نأخذ رأيه.

قالت بسذاجة:

_بصراحة انا لا أحبه ولا أحب الاتصال به.

وكأني قلت لها عن رأيها في أن نخطبه لها، من أين تأتي كل هذه الكوارث لتلتحم بحياتي؟ ومن أين تأتي مدام نسرين بهذا القدر من الذكاء؟

سحبتُ الهاتف من يدها بعنف وبحثتُ عن رقم المحامي واتصلت وياليتني لم أفعل، جاء الصوت أجش فارغًا من كل العواطف:

_ صاحبكم في ذمة الله...حاولوا ألا تلحقوا به بسرعة.

الآن علينا أن نتفق أننا وصلنا إلى طريقٍ مغلق، فإذا صَدق الرجل صاحب الصوت الأجش الذي أخبرنا بموت عزام عبد القادر فنحن علينا أن نهرب من هنا فورًا أو أن نبحث عن حل وسطي معهم، بصراحة لست ممن يطمحون لصناعة ثروة بأموال ليست لي أساسًا فمن العقلاني أن نجد من يستلم منا هذا الصندوق بكل مصائبه ويتركنا نعيش حياتنا بهدوء بعيدًا عن هذا الصخب.

فكرتُ لعدة ثواني ثم أعدت الاتصال بالرجل:

_ أخي الفاضل أنا لا علاقة لي بأي شيء... تعال خذ ما شئت ودعنا وشأننا

ضحك الرجل لدرجة أن أنفاسه انحبست داخل قصباته الهوائية وكاد يختنق من فرط الضحك ولم أفهم إن كان ما قلته مضحكًا إلى هذا الحد؟ أم أن السيد فقد عقله تمامًا في هذه اللحظة؟ أو أن هذه الضحكة هي التي تُخفي الشر المطلق الذي سمعنا عنه في القصص التي كانت ترويها الجدات في مساءات الشتاء الباردة.

دعونا نتفق أيضًا أن الضحك بدون سبب وجيه مُرعِب إلى حد ما، انتظرتُ حتى أكمل السيد ضحكته الطويلة نوعًا وختمها بالبصاق الذي شعرته يسيل على وجهي مجازيًا وقال بصوت واضح:

_ نحن على باب المزرعة تستطيع تسليم نفسك دون مقاومة.

شعور الصفعة على الوجه هل تعيه، هل تدرك تلك الصفعة التي تجعلك مثل الفأر الذي أدرك أنها مصيدة بعد فوات الأوان؟ نظرت نحو مدام نسرين التي كانت غير مكترثة بما يجري وكأن لا شيء يعنيها أبدًا وهنا فطنت لشيء مهم ولكن في وقت متأخر لماذا لا تكون هذه المرأة مشتركة معهم أساسًا في نصب هذا الكمين المدروس، وفعلًا قلتُ لها:

_ بالمناسبة هم ينتظروننا في الخارج

قالت:

_ وانا لم أرتكب أي خطيئة فليفعلوا ما يريدون فعله

هل هذا غباء طبيعي؟! أم أنها معهم؟! أم أني ضحية؟!!!

قفزتُ نحوها وأحكمت يدي على كتفيها وقلت:

_ يا مجنونة هؤلاء لا يفهمون شيئًا يمكن أن ينهوا حياتنا برصاصة واحدة.

لأول مرة منذ عرفت هذه المرأة رأيت نظرة هلع حقيقية تثبت أنها ليست مشتركة معهم لأنها انفلتت تبحث عن صغيرها الذي لا زال يغفو على الأريكة، ضمته إلى صدرها وقالت:

_ انا أعطيهم ما يريدون لكن لا أحد يقترب من طفلي.

أدركتُ الأن غريزة الأمومة التي يتحدثون عنها، الأم قادرة أن تتحول إلى وحش حقيقي لا يأبه لشيء عندما تستشعر اقتراب الخطر من ابنائها، يمكن أن تتقبل أي حُكم مهما كان عرفيًا مقابل الحفاظ على حياة أبنائها، حاولتُ أن أخبرها أن كل شيء سيكون على ما يرام، لا أعرف تمامًا كيف سيكون على ما يرام إلا أني مضطر لقول ذلك حتى لا تفترسني، خرجتُ من باب الفيلا الداخلية لأجد عشرات الفوهات المصوبة نحوي بثقة عمياء، جنود ملثمين لا يأبهون لفكرة موت حلاق في حي شعبي، كل ما سيتم خسارته بضع رصاصات نحاسية تستقر في الرأس وفي عضلة القلب والأمور ستكون بخير بالنسبة لهم، دون مقاومة رميتُ الصندوق بمحتوياته على الأرض وسلمت نفسي معلنًا الخضوع التام فلن أكون مراد علم دار حتى استطيع مواجهة كتيبة فدائية تمتهن القتل بدم بارد، حاوطني الجنود وتم ضربي بعنف لدرجة أن آخر شيء رأيته هو حذاء أحدهم يستقر في جبهتي.

هناك طعم صديدي للدم لا يخفى على أحد، تشعر وكأن هناك قطعة معدنية تذوب داخل فمك، نعم إنه دمك، حاولت أن أمسح بقايا الدماء من فمي لكن كيف تمسح ويداك مغلولتين إلى ظهرك وقد أحكموا وثاقهم بأقدامك، شعرت وأني جنين غير قادر على الولادة نطفة تائهة في فضاء لزج، رائحة كل الأشياء نتنة مثل أي شيء قذر في هذا العالم.

كم كنت بحاجة لكِ يا ترف في هذه اللحظة، كم كنت بحاجة لعناق أخير يشبه رصاصة الرحمة، لا تنفك من مخيلتي تلك الفتاة حتى وأنا احتضر ربما أنسى كل شيء لكن من المحال أن أنساها فهي التي اعتلت عرش القلب وتربعت في كل ذاكرتي.

عندما كانت تشعر بالضيق تقول لي لا أتذكر سواك وكأنك الحضن الدافئ الذي اختاره القدر لي، أنت وطني أنت اعتذار هذه الدنيا مني على كل المآسي والندوب والجراح الغائرة في القلب، كانت تبتسم لتخبرني أني الفتى الذي جاء على مقاس قلبها وروحها.

لكن دائمًا هناك لعبة للأقدار تختار فيها أن تُفرق العشاق وأن تكتب لهم الفراق بخط واضح، لقد كانت روحًا لي وبعثًا عقب موت وبهجة في ظل عيد وانتماء في أتون ثورة وسلاحًا في لحظة حرب، كم كانت لطيفة تنساب في أعماقي لترتق جراح الروح وتمسح على ندوب القلب، هي ترف التي لازلت مؤمن أنها الاستثناء في زمن التكرار الباهت.

لحظات ثقيلة من الصمت كانت قد خيمت على فضاء هذا المكان، أردت الصراخ فلم أستطع فهناك شيء ما قد تم إغلاق فمي به ربما نصف حذاء أو شيء قريب من هذا الشيء، ولم أتذكر سوى أن ألعن هاني سلامة وزوجته وحارتنا

ومزرعته وصندوقه الأسود فأنا هنا لا أعرف لماذا وما هو الدافع الذي جعل هاته الوحوش البشرية تقوم بزجي هنا دون أدنى سبب، لا بأس قليل من الصبر لن يزعج أحدًا ولو جاء ملاك الموت الأن أكون له من الشاكرين.

- 12 -

تهادى إلى مسمعي صوت منكسر، صوت حزين نوعًا أقرب لتلك الأغاني العراقية التي كنا نستمع إليها أيام الصِبا، تلك الأغاني المعجونة بالحزن والدموع وكأن كلمات الأغنية كانت تنزف حرفيًا، جاء الصوت مخففًا عني ضوضاء الصمت فالصمت يجيد صناعة الهلاوس فلو فكرت ماذا يوجد في أعماق الصمت ستدرك أن أفكارك وخيالاتك وكل هواجسك تنتقل إلى مجال إبصارك وهنا تأكد أنك في طريقك إلى الجنون.

ببعض التأوهات أو الأنين حاولتُ أن أقنع الصوت أني لا أزال على قيد الحياة، فقال برفق وكأنه يحاول التخفيف عني:

_ دائمًا تكون البدايات صعبة هنا، كل الذين سبقوك وسيأتون بعدك مروا بذات التجربة، سينساك الجلاد مدة من الزمن ويتركك تصل إلى مرحلة قريبة من الموت وبعدها سيأتي ليفسد عليك فرحة الخلاص، فالموت هنا هو الخلاص والنجاة من تحت براثن هؤلاء القتلة، ستخضع للتحقيق طبعًا وحتى لو قلت الصدق وأقسمت بكل ما تؤمن به بأن كل حرف قلته صدق خالص صاف لن يصدقوا، ليس لأنهم غير مقتنعين وإنما لإشباع رغباتهم السادية الكامنة في أعماقهم فهم يحبون تعذيبك وإهانتك دون سبب فكل ما عليك ان تفعله أن تحاول الموت قبل أن يصلوا إليك، ستقول في نفسك بثقة لماذا لم تمت أنت؟ وسؤالك في مكانه لكن لا تظن أني لم أحاول لكن روحي في كل مرة تزداد تمسكًا بالحياة وتعيدني صاغرًا لهذا الجحيم، لا أعرف إن كان هناك أي متسع للأمل داخل هذا الكابوس لكن مجرد بقائي على قيد الحياة بعد كل هذه السنوات يعتبر إنجازًا، الأهم أن تعرف أنك هنا في مكان عصي على الصراخ فلا أحد يسمعك حتى لو مزقت حنجرتك وقطعت حبالك الصوتية أنت هنا في معتقلات تابع لألوية أحرار الشام، أو ربما أحد فصائل أحرار الشام لكن هذه القوات ممولة بشكل لا بأس به وتطبق السيطرة على جزء واسع من ريف حماة وتخوض صراعات قاسية يوميًا مع النظام وهناك دائمًا أنباء لا تبشر بخير وخصوصًا أن الطائرات الروسية جعلت من هذه البقعة مسرحًا لعروضها العسكرية، وصحيح أن تحصينات الفصيل ليست سيئة لكنها بالمقابل ليست قادرة على الثبات أمام جنون الدب الروسي، المهم هذه التفاصيل لن تفيدك بشيء لكن عندما تعلم أين أنت يمكن أن تفهم الإجابة على السؤال الأهم، لماذا أنت هنا...؟

شعرتُ أنه طرح السؤال وهو يعلم أني غير قادر على الإجابة، لكن ما سرده يخفف من حمولة الأسئلة التي تغلي في رأسي مثل سرب من الذباب في يوم صيفي حار.

فأنا هنا في مناطق محررة وهذا إلى حد ما يبدو جيدًا، صحيح أن فصائل المعارضة ليست أفضل بكثير من النظام إلا أن وجودك مع الأضعف يعطيك هامش للأمل أكثر، ودعونا نقول أني موجود هنا لأني عرفت أكثر مما يجب أن أعرف وهذا حقك لكن ارتباط اسمي بهاني سلامة هو اللغز، من المنطقي أن ترتبط طليقته به لكن السؤال الذي يقض مضاجعي ما دخلي أنا....؟!

- 13 -

تذكرت قصة الموسيقار هاني شنودة عندما تم اعتقاله وهو طالب في كلية الموسيقى عام 1966م اللافت في اعتقال شنودة أنه لم يكن يعرف لماذا تم اعتقاله، كل ما يعرفه أن هناك خلط ما حدث في حياته، لبسٌ ما قاد كتيبة من المخابرات إلى شقته ليتم اعتقاله، انتزعوه من فراشه كمن ينتزع مسمار أكله الصدأ من لوح خشب مهترئ واقتيد كالشياه إلى المقصلة دون أن ينبس ببنت شفة.

شنودة في السجن لم يعرف لماذا أخذو منه رباط حذائه وساعته، الساعة ربما من السهل أن يدرك أي إنسان لماذا يتم سلبها ببساطة حتى تعيش داخل دوامة زمنية غير معروفة فلا تدرك كم ستلبث داخل السجن فالوقت في بعض الأحيان حتى لو كان ثقيلًا لزجًا مثل مخاط طفل صغير يمكنك أن تمسحه بكم قميصك لكن عندما لا تجد كم قميصك سيبدو الأمر أصعب، أما رباط الحذاء فهو الوسيلة للنجاة فهو مشنقة كل السجناء الذين اختاروا الالتحاق بالرَكب المسافر إلى السماء تحاشيًا لجولات التعذيب المستمرة فالموت كما أخبرني شريك الزنزانة هو الوسيلة الواحدة للخلاص.

فتخيل أن تجعل من رباط حذائك مشنقة متينة تربطها بأعلى نقطة في سقف الزنزانة وتهوي بثقل جسدك بعد ان تلف طرف خيط الحذاء على عنقك، سيتكفل ثقل جسدك بتحطيم عظام رقبتك وتموت بشيء من العناء لكن ستموت، فكم من سجين أنقذه رباط حذائه في هذا العالم.

شنودة المسيحي لم يعرف ان تهمته كانت الانتماء لتنظيم الإخوان المسلمين، لدرجة أن الضابط البدين صاحب الصوت الأجش الذي طالبه بالتنازل عن تفسيرات المشبوهة للقرآن التي لم يكتب منها حرفًا ولم يقرأ من النص القرآني حرفًا وافق بسرعة وأعلن تنازله فإن لم تكن إخوان مسلمين فمن المؤكد أنك ستكون شيوعي وبالتالي التهمة موجودة موجودة وكل ما عليك هو الإذعان لسلطة المخابرات وقوتهم وجبروتهم، كل ما عليك أن تقبل بأحكامهم العرفية، فالقبضة الأمنية التي كانت تحكم البلاد في ذاك الوقت قادرة على انتزاع حنجرتك وقادرة على قتلك في أي لحظة فلا داعِي للعنتريات.

ثلاثة أيام علَّمت شنودة الكثير ومنحَته تجربة حولها فيما بعد إلى مقطوعة موسيقية، نعم نجا شنودة من ظلام السجن، نعم استطاع العودة للحياة خلاف الكثير من أبناء جيله.

اليوم نُحول حكايته لمشهد كوميدي ساخر دون أن نُدرك أن شنودة هو قطرة من غيث آلة القتل والقمع والترهيب التي حكمت في مصر أو في سورية أو في العراق لاحقًا.

هؤلاء اصحاب القضايا العظيمة هكذا كانوا يتعاملون مع شعوبهم بهذه السذاجة، يكفي أن تدخل أي بيت لتسلب ابنًا أو زوجًا من سرته وتتركه يواجه مصيرًا مجهولًا خلف القضبان، والقضية ليست مقتصرة على مصر فتوءام البعث في سورية والعراق لديه من هذه القصص الكثير.

خرج شنودة لكن هناك من لم يخرجوا، أُطلِق سراح شنودة وهناك من غابوا خلف القضبان إلى الأبد، خرج الشنودة ليصبح مبدعًا وهناك من خرج ليتحول إلى متشرِد فاقدًا للأهلية تعانقه نظرات الشفقة والهسهسات التي تشي بأنه مجنون أو معتوه فقد عقله لأنه معتقل سياسي سابق.

خرج شنودة وكان بإمكانه أن يروي قصته وهناك من لم نسمع عنهم شيئًا، خرج شنودة لكن آلة القمع لم تتوقف، خرج شنودة وبقينا نقهقه مثل الجرذان على قصته في أعماق هذا الصرف الصحي الذي نعيش فيه دون أن نعي حجم المعاناة خلفها، خرج شنودة وتركنا في زنزانةٍ أوسع وفي سجن يمتد من المحيط الخائر إلى الخليج الغائر.

جاء الصوت من خارج الزنزانة هناك من طلبني بالاسم، لكن ألا يعرف من يناديني من خارج هذا السور الحديدي المتين أني غير قادر على الكلام؟ وأن وثاقي المُحكَم يمنعني من أي حركة سوى حركة التبول اللاإرادي، أليس من الجنون أن تطالِب الأخرس أن يغني والمُقعَد أن يرقص على ألحان الأصم وتطالب الأعمى بالتصفيق لهذه الرقصة الساحرة.

نعم هم كذلك لا يأبهون لوجودك ولم أستبعد أن أخرج الآن لأكتب تعهد بعدم ثقب طبقة الأوزون مرة أخرى! أو عدم ارتكاب جرائم ضد الإنسانية في إقليم كوسوفو!! أو ربما أدفع كفارة لأني ادعيت رؤية هلال رمضان فصامت أمة المليار كلها على رؤية لم أراها!!! نعم التعامل مع هؤلاء يجعلك تُجسد أحلام العصر بكل جزئياتها البسيطة فأنت مع ثلة من الجهلة لا يفكرون فيما سيفعلون بل يفعلون وانتهى الأمر.

تم فك الباب الحديدي، هناك يد صلبة عالجت قفل الباب ودخل عدد من الرجال وتم سحبي على الأرض فلن يكلف أحد عناء نقلي أو حملي إلى الوجهة المقصودة، حاولت الاستفسار عن طريق إصدار بعض الأنين لكن لكمة من يد فولاذية جعلتني أغيب عن الوعي تمامًا

فـي غرفة التحقيق هناك قواعد عليك أن تلتزم بها، ومن أهم تلك القواعد أن تُغلق فمك، تُغلق فمك ولا تسأل ولا تستفسر ولا حتى تنطق الشهادة، كل ما هو مطلوب منك هو أن تُغلق فمك وتوافق على رأي المحقق دون التفكير في مدى صحته، كالعادة غرفة تحقيق يجب أن يكون هناك مُحقق، واحد من أولئك المتعجرفين أصحاب النظرات الحادة والعيون التي لا ترمش وهناك سلاح على خصره ويتميز بموهبة اختراع الشتائم التي لم يتم اختراعها بعد.

اسمك، لقبك، عمرك، مهنتك، كلها معلومات معروفة بالنسبة لهم ما يريدونه أهم، فبعد حفلة من السباب والشتائم أخبرني المحقق أني عالق هنا حتى أُقر بأني قتلتُ هاني سلامة، لحظة ماذا أقر...؟ قلتها بعفوية، توقعت كل شيء إلا الاعتراف بالقتل فأنا آخر صرصور قتلته في مطبخ بيتي يزورني في المنام فما بالك بهاني سلامة نفسه.

صمتُ وانتظرَ مني الرفض لكن تلقائيا قلت له:

_ نعم...قتلته

ضحك المحقق لسرعة استجابتي، ثم استدار نحوي وهز رأسه بمعنى أني كلب مطيع، ثم قال:

_ طيب.. لماذا قتلته؟ أريد مبرر منطقي.

هنا السؤال نوعًا ما صعب ولا يمكن لعقلي الساذج ابتكار مبرر درامي لتبرير عملية القتل لكن قلت:

_ بما انو إرادتكم تقضي اعترفًا بأني قتلته فضعوا أنتم السبب لا أظن أن ذلك صعبًا عليكم.

كانت الصفعة أسرع من إجابتي، شعرتُ أن هناك قافلة من حطام السيارات اصطدمت بوجهي، هل تعرف ما هو الخدر...؟ لا أظن.. عليك أن تزور أقرب فرع تحقيق حتى تدرك معنى الخدر، شعرتُ أن الكون كله تحوَل إلى سواد مُرقَط وهناك في نهاية النفق المظلِم قِط يرقص، بالتأكيد لن تبصر النور عقب صفعة كهذه، لكن المحقق أعادني للوعي عن طريق صاعق كهربائي وقال:

هاني سلامة عنصر من عناصر النظام ونحن هنا بحاجة لجميع الوثائق التي بحوزتك حتى نساوم عليها مجموعة من ضباط الجيش، والمطلوب منك بسيط تسليم كل الوثائق وسنتركك وشأنك بالنهاية انت الوريث الشرعي لهاني سلامة.

"وريث شرعي"

الكلمة ليست غريبة دعنا نحللها قليلًا من يرث هاني سلامة...؟ مدام نسرين وابنها القرد البشري، أما أنا كيف أصبحتُ وريثًا شرعيًا؟ أي شرع هذا الذي يمنحك بصفتك حلاق الحي أن ترث أهل الحي؟ قلت:

_ على الأغلب هناك خطأ... هاني سلامة جاري ليس أكثر.

ضحك المحقق وقال:

_ هاني سلامة والدك...

- 15 -

كل التوقعات الهيستيرية التي جالت في خاطري لم تبلغ حدود هذا الجنون الذي يدور في رأسي الآن، صحيح أني لا أستطيع تصديق ما سمعت ومن المستحيل أن يكون هاني سلامة هو أبي لكن كل شيء يحدث الآن ليس لديه سوى تفسير واحد هو أن هاني سلامة هو أبي فعلًا.

ربما هناك الكثير من الأشياء التي كانت تحتاج إلى إجابة أو تفسير أقل ما يمكن وصفه بالمنطقي لكن تلقائيًا بدأت أتعامل مع الواقع على أني أيهم سلامة ولست أيهم الراهب كما هو مدون في بطاقة التعريف.

شعر المحقق بصدمتي لعله يشعر أو يمتلك إحساس فعلًا لإن الذهول الذي ارتسم على وجهي هو ذهول الجاهل فأنا حقًا لم أكن أعرف مَن أبي...؟

تذكرتُ سؤال ترف عن أبي ذات مرة، فعلًا لم تكن لي أي إجابات واضحة، لكل الميتين قبور ولكل المفقودين أرقام ولكل الغائبين عُذر إلا أبي وكأنه جاء من عدم الحياة واختفى فيها فلا أعمام ولا عمات ولا عائلة، حتى الراهِب أقرب ليكون صفة أو لقب من أن يكون اسمًا لعائلة لا جذور لها.

كانت أمي تتحاشى الحديث عنه وكنت دائمًا أعتبر أنها خصوصية لا أحب تجاوزها، فالزوج السيء حتى لو مات لا تُمحى ندوبه من حياة الأنثى هكذا تقول تجارب الأولين، فكنتُ دائمًا على مسافة أمان مع أي حديث عن أبي.

قادني عناصر التنظيم إلى غرفة جانبية، خلعتُ فيها ما تبقى من ملابسي، اغتسلتُ وأكلتُ وجلستُ أتأمل فراغ المكان بهدوء، أتأمل شريط حياتي كاملًا، هناك حلقة مفقودة لم ألاحظها أو ربما حاولتُ تجاهلها، أو كانت نقطة ضعف في حياتي فلم أحاول الانغماس فيها.. مَن أبي...؟

دخل المُحقق إلى الغرفة وخلع سلاحه وسترته وجلس، هذه المرة كان إنسانًا طبيعيًا وكأن صفة المُحقق قد سقطت عنه بمجرد خلع السِترة والسلاح، نظر نحوي بعين لم تعد حادة ولم تعد تَشُك بأني شريك في شراك أبي الذي نصبه بإحكام ليُسقِط ضباط رفيعي المستوى في صفوف النظام والمعارضة، أصبح ينظر لي بنظرة لا تخلو من الشفقة أو حتى التعاطف وقال:

_أيهم سلامة..كنتَ صغيرًا عندما عرفتك، أتذكر ملامحك جيدًا عندما كنتَ مشاكسًا صغيرًا، والدك كان زميلي في الجامعة درسنا الحقوق معًا، من المؤكد أنه كان الأول على الدفعة لشدة ذكائه، كان استثنائيًا يستطيع أن يجذبك نحوه وكأنه مغناطيس فلا تستطيع مقاومته مهما فعلت، لا أعرف لماذا كنتُ لا أغار منه بل كنتُ

أعتبره قدوةً ومثلًا أعلى رغم صغر سنه، فرَّقتنا الظروف وكذلك السياسة لكن بقينا أصدقاء وبقي التواصل بيننا بشكل متقطع إلى يوم اندلعت الثورة، توقعتُ أنه سيكون معنا.. سيساندنا لكن أحلامه كانت أبعد بكثير مما نظن.

الآن هو بين يدي الخالق لكن دعني أخبرك أن والدك كان مميزًا فعلًا، كنتُ أنت نقطة ضعفه الوحيدة فهو لم يكن يوَد الإنجاب لكن أنت تعرف حكايات غرف النوم تلك اللحظات الحميمية، كانت تلك اللحظة فارقة في حياته لكنه كان قادرًا على التملص منها بسهولة.

أتذكر أيامها قاطع الجميع وهجر والدتك وسافر إلى موسكو، سمعتُ من الرفاق أنه التحق بالمخابرات الدولية التابعة للنظام وهناك كان في معسكر مغلق، لكن على ما يبدو كانت الأمور أكثر تعقيدًا فكان في موسكو تابعًا لجهاز استخبارات لم يعرفه أحد وعندما عاد جمعتنا الصدفة، كان قد تغير كثيرًا ليس هاني الطموح الذي أعرفه ليس هاني صاحب الابتسامة المشرقة، أضحى أكثر غموضًا وكأن هناك هالة من الأسرار تحيط به.

سألته عنك فكانت إجابته باردة، قال لي بأن أيهم خطأ والخطأ يجب أن يُمحى حتى لا ينكسر وزن القصيدة، ظننتُ أنها دعابة من دعاباته الساذجة، ظننتُ أنه يحاول أن يمازحني لكن كل أمارات الجدية كانت تسكن مُحَيَّاه، كان كل شيء يوحي بأن كلامه صادق تمامًا.

حاولتُ الاستفسار أكثر لكن عندما تُجادل شخصًا من طراز "هذا الأمر لا يعنيك" تأكد بأن الحوار يصبح عبارة عن صفعات متوالية، فدائمًا حاوِل أن تبتعد، لم أتوقع أني سألتقي معه بعد ذلك اللقاء لكن الظروف هي التي أعادَت جمعنا بعد الثورة وخصوصًا أنه كان كنزًا من الأسرار الذي كان من الواجب البحث عنه، إلا أنه كان محصن بذكاء لدرجة أنه مات دون أن يسقط بين أيدينا ونحقق معه، أظن أن دوره في المسلسل قد انتهى، لكن عندما عرفتُ أنك لا تزال على قيد الحياة أدركتُ أنك رأس الخيط، لكن في اللحظة الذي رأيت الدهشة في عينيك كنتُ على يقين بأنك لم تكسر وزن قصيدة هاني سلامة الخالدة وتم مسحك تمامًا من سجلاته.

- 16 -

أصابني نوع من الغثيان عقب سماع القصة، كنتُ بحاجة لأن أتمالك نفسي لأن أعي ما يجول في دماغي في هذه اللحظة، أي أقدار تلك التي تتلاعب بنا بهذه الطريقة، هل من المنطقي أن أُصدِق ما ورد في حكاية المحقق كما هي دون أي اعتراض، هل يُعقل أن يكون أبي قد تخلى عني بهذه البساطة.

هاني سلامة هو أبي الذي مات إثر حادث سير، مات في مذكراتي فقط أما هو فكان حيًا يُرزَق طوال هذه السنوات التي مرت ثقيلة، كم كنتُ بحاجة ليده الحانية، كم كنتُ بحاجةٍ لعناقه في لحظة ضعف، كم بحثتُ عن قبره حتى أبكي هناك دون أن أتعب من البكاء.

طوال هذه السنوات كان أمام عيني لم تفصلني عنه سوى خطوات معدودة فقط، أي قلب حجري في صدر هذا الإنسان الذي كان يرى ابنه يموت وِحدَةً واكتئابًا، كم ظلمتَنِي يا هاني سلامة عندما اتخذتَ قرارَ الرحيل دون مشاورتي، كم ظلمتَنِي عندما اعتبرتَنِي حرف علة يكسر وزن قصيدتك، كنتُ لا أصدق تلك الأفلام الوثائقية عن الاستخبارات وكيف يصنعون رجالًا بلا قلوب بلا مشاعر بلا أحاسيس بلا عواطف لكن أن أكون ابن أحدهم هذه لعمري مصيبة فاقت كل تصوراتي.

سلمتُ كل الوثائق - أو إن شئتم الدقة سلبوني كل الوثائق - إلا الفلاش ديسك الذي احتفظتُ به داخل أمعائي، نعم ابتلعتُ "الفلاش ديسك" فأنا على ثقة بأن هناك أسرارًا عظيمة لا تزال هناك.

تم إعادتنا من حيث تم اعتقالنا من المزرعة، المُضحِك أنهم لم يعتقلوا مدام نسرين وأنا الذي ظننتُ أنها تعرضَت لجميع أنواع التحرش داخل السجن لكن على ما يبدو أن هدفهم كان واضحًا لا يريدون سوى "أيهم الراهب" أو "أيهم سلامة" إن أردتَ أن تتحرى الدِقة.

جلستُ مثل أولئك الأطفال الذين يشعرون أنهم منبوذون، ذاك الطراز من الأطفال الذي يَوَد أن يبكي دون سبب بعينه، يبكي لأنه بحاجة فقط للبكاء، بحاجة ليغسل روحَه من درن التعب، أودُ لو أن ترف قريبة مني الأن حتى أعانقها وأموت على صدرها، لا أحتاج شيئًا سوى العناق، كانت تُخبرني أن الحُضن دواء وعندما لا تجد من تحضنه احضن أي طفل يأتي أمامك، فالحضن هو دواء للكبار خلاف ما يظنه الأطفال، والكارثة أني سأعانق أخي، سأحتضن ابن مدام نسرين الطفل الشيطان الذي خرج من صلب أبي، أي حضن هذا؟! وأي أخ هذا الذي جاء من عدم الأرض؟

شددتُ الصبي المذهول إلى صدري وبكيتُ حتى اختنق الطفل وابتعد عني ظنًا منه أني مخبول أو مجنون، كانت نسرين تطالعني بشيء من عدم الاكتراث أو بشيء من الغباء المبالَغ فيه، ربما كانت تعرف أني ابن هاني سلامة.

استدرتُ نحوها وقلت:

_ هل كنتِ تعرفين...؟

_ أعرف ماذا...؟

_ أن زوجك والدي.

ضحِكَت لأول مرة بصوت مرتفع وقالت:

_ هل توَد إقناعي أنك لم تكن تعرف؟

شعرتُ أن إجابتها غير مفهومة، شعرتُ أن هناك خلطٌ في القِصة، حلقة مفقودة، لبسُ ما لم أُدركه بعد، من أصعب الأشياء أن تكون مُستباحًا إلى هذا الحد والمُضحِك أنك أنتَ لا تعرف أنك مُستبَاح، صمتُ قليلًا ثم قلت:

_ من أخبرك...؟

_ للأمانة المرحوم نفسه، واشترطَ ألا أخبرك إلا بعد وفاته.

_ وهل كان يعلم أنه سيموت قبلي؟

_ ليس بهذه الدقة.. لكن دعنا نقول أنه وضع شرطًا في حال مات.. تعرِف أنتَ من والدك وفي حال مِتَّ أنتَ فتموت ميتة الجاهل بأصلك.

_ وهل هذا عدل...؟

ضحكَت بصوتٍ أعلى وقالت:

_ متى كانت هذه الحياة عادلة؟ والدك كان يعرف أن نهايته وخِيمَة فعلًا فالطمَع وحُب النفوذ لم يكن يومًا إلا هاجسًا يطارده، كان يُحب دائمًا أن يكون في الصدارة، يحب أن يكون رجلًا غامضًا ساحرًا وفاتنًا وذو خصوصية لا أحد يعرفها، هل تعلم أني كنت خائفة أن يقتلوك إن لم تعطهم الفلاش ديسك فهم بحثوا عنه بشراسة ولم أخبرهم أنه معك.

_ ومن قال لك أني اعطيتهم الفلاش ديسك...؟

_ كيف بقيت على قيد الحياة إذًا...؟

_ ببساطة.

_ تكلم.

_ بصراحة لا أعرف.

عدت إلى منزلي خاويًا من كل شيء، فارغًا مثل طبل ضخم غير قادر على الحركة لأنه مشبع بـ "لا شيء" مِن أشد أنواع الخيبة تلك التي لا تعني لك شيئًا وكأن وجودها وعدمه واحد إلا أنها مُصِرَّة على أن تكون موجودة هناك حيث ينبجس الدمع مدرارًا دون سبب، لا أعرف إن كنت حزينًا على أبي أو كنت حزينًا على نفسي أو كنت حزينًا على أشياء لم تكن موجودة يومًا، حالة اليُتم التي عشتها طوال سنوات طفولتي عادت لتعتريني وكأني اليوم فقدتُ أبي.

ذاكرتي راحت تنبش كل الصور والذكريات واللقطات والمواقف البسيطة التي جمعَتني بهاني سلامة الذي كان أبي "مع وقف التنفيذ"، فكرتُ جديًا بسُلطة الأنظمة الأمنية التي تُحيل حياة شخص ما إلى مجموعة من الوثائق التي يمكن إحراقها والتخلي عنها في أي لحظة، فما زوجته كانت تلك الباسلة سوى عقد زواج ينتهي بمخالعة بسيطة في أسخف محكمة قابعة في وسط البلد، أما ابنه فلم يكن أكثر من صورة طفل بائس على دفتر العائلة يمكن إسقاطها في أي لحظة، حياة هؤلاء مجرد قصيدة فعلًا فهي تغوي للقراءة وتَشعُر كأنك في حضرة شخصية غامضة على غرار شخصيات الأفلام الهوليودية لكن في حقيقة الأمر هم مجرد أشخاص مُجردين من كل المشاعر الإنسانية لا يحملون إلا صخورًا صماء زرعوها في مكان افئدتهم وتحولوا إلى آلات لصناعة المال.

ربما في هذه اللحظة لم أعُد بحاجة لأي شيء، أصبحتُ متخنًا بالجراح لدرجة أن الموت الذي يهابه كل البشر تحول إلى رغبة مُلحة، فما الفائدة من أن تكون بلا أصل وما الفائدة أنك عرفت والدك لكن عقب وفاته، وما الفائدة من كل هذه الآلام إن لم تجد من يتشاركها معك، للمرة الأولى منذ زمن طويل أُدركُ معنى الوِحدة.

الوِحدة هي تلك الدموع الساخنة التي تنساب بلا سبب باحثة عن كف حانية لتمسحها فلا تجدها هناك، الوِحدة هي صوت المنبه الغليظ الذي يوقظك ولا ينتظر منك سوى أن تخرسه فلا صوت رقيق يتهادى إلى مسمعك ويقبل جبينك ليخبرك أن هناك صباحًا جديدًا قد أشرق على البشرية، الوِحدة هي تلك الكوابيس التي توقظك في منتصف الليل فتجد نفسك تلهث وعيناك تسمرتا على جدارٍ خاوٍ من كل شيء ولا تجد من يمسح عرقك البارد ويسقيك كوبًا من الماء برفق، الوِحدة هي أن تغتال الحُمَّى مفاصلك في ليلة باردة ويصعُب عليك النهوض ولا تجد كتفًا تستند عليه، الوِحدة أن يكون لديك الكثير لتقوله لكن لا أحد يسمعك، الوِحدة أن تتشارك الطبق الذي تأكله طعامك دون أن تجد من يخفف عنك عبء صوت ابتلاع الطعام، الوِحدة هي أن تعرف أن الله وحده معك فتستكين وتغفو بسلام.

- 18 -

تعلمت من ياسر البحري...مهلًا لا تعرف من هو ياسر البحري؟ دعني أقول لك ما تعلمته في البداية، في سجون أميركا كان السجناء يحتالون على حماية السجن لإدخال الممنوعات عن طريق الزائرين الذين كانوا يحتفظون بالمخدرات وغيرها داخل حقائبهم الخلفية.

فإن كنت تريد إدخال شيء أو إخراجه من السجن أنت بحاجة لزائر يجيد استخدام حقيبته الخلفية، ومن المؤكد أن الحقيبة الخلفية ليست حقيبة، بل كان الزائرون يحشون مؤخراتهم بالممنوعات وفي أقرب فرصة يدخل الزائر إلى دورة المياه ويستخرج ما احتفظ به.

طبعًا أسلوبي اعتمدَ على الفكرة في الاحتفاظ بالفلاش ديسك، لكن لم أنفذ الخطة بحذافيرها، فقمت بابتلاع الفلاش ديسك، في حال نجوت سيخرج معي كما دخل ولحكمة ما بقي ثابتًا في أمعائي حتى وصلتُ إلى بيتي.

أما من هو ياسر البحري...؟

فهذا سؤال يستحق الإجابة عنه، هو في بداية الأمر طالب كويتي ابتُعث عن طريق الحكومة الكويتية لإتمام دراسته في الولايات المتحدة الأمريكية، وحقق البحري نجاحًا عظيمًا أثناء دراسته ناهيك عن اندماجه بالبيئة الأمريكية، فكان الطالب المتميز المثُابر.

ولا يخفى على أحد أن أبناء دول الخليج العربي عموما رواد في عالم التجارة، فهم شعوب تعرف كيف تستثمر أموالها ووقتها، وهذا لم يكن غريبًا عن ياسر البحري عندما قرر افتتاح مقهى بطابع عربي أطلق عليه اسم "شيشة".

وفعلًا نجح مشروع البحري كما كان مخططًا له تمامًا واستطاع جذب الجالية العربية في أمريكا إلى المقهى ومن خلال دبلوماسيته ودماثته بات البحري خلال فترة وجيزة صاحب استثمار يحقق له دخلًا محترمًا إلى جانب دراسته، الحكاية بدأت عندما تم الحكم عليه ١٥ سنة في السجن قضى منها داخل أسوار السجون الأمريكية 13 عامًا وتم إطلاق سراحه بعدها، المسألة كانت مُعقدة بحكم أن هناك فتاة تعمل عنده في المقهى وهي دون 18 عام رفعت عليه دعوى اعتداء جنسي وأنت تتحدث عن عربي مُسلم خليجي في بلاد الأموال، سَقَط البحري ضحية مؤامرة خبيثة وللوهلة الأولى ظَن أنها النهاية، فمن الغريب أن يكون طالب متفوق ومقدم على تقديم أطروحة الدكتوراه وصاحب مشروع استثماري مُغتَصِب لفتاة قاصر لذلك جُن جنونه وحسب أنه الابتلاء العظيم، فهو لم يكن في السجن وحسب بل في أمريكا ولا يخفى على أحد قذارة تلك البقاع.

لكن يبدو أن الحكمة الإلهية أعظم بكثير، فظاهر الأمر كارثة إلا أن باطنه نجاة لا مثيل لها، فخلال إقامة "مستر البحاري" كما كانوا يلقبونه في السجن أو يطلقون عليه إن صح التعبير استطاع أن يُدخِل عدد كبير من الزنوج والأمريكيين إلى الإسلام وذلك لمَّا لمسوا في البحري أخلاقًا لا مثيل لها فكأن قدره الذي حسبه أسود لا يليق بشخص مثله لم يكن سوى رحمة عظيمة من الله عز وجل.

كانت تجربة البحري غنية رغم صعوبتها واستطاع أن يكتب مجموعة عظيمة من الروايات والكتب إلى جانب أنه كان "داعية للإسلام" رغم اعترافه بخبراته البسيطة، فكانت ولا تزال قصة البحري رغم غرابته عنوانًا عظيمًا للجبر الإلهي فليس كل شيء تكرهه يكون ضدك، فالسجن كان نجوى بين الله والبحري وأخبره أنه المكان المناسب لتلك المرحلة.

خرج البحري من السجن وعاد إلى الكويت لتُطبَع أعماله كاملة ويتحول إلى شخصية مؤثرة على مواقع التواصل الاجتماعي، فما كان يحسبه صعبًا بات هينًا وما كان في عينيه ظلامًا لم يكن سوى نور خفي لا يراه ولا يعلم به إلا الله.

فلذلك كل ما كنت أقع في مصيبة وأظنها النهاية كان عقلي يستجدي قصة البحري بكل تفاصيلها لتكون تجربته وقصته مرجعًا لي وسندًا في الأوقات العصيبة، فكلما ضاقت وحسبتها تعقدت يكون الفرج والجبر مذهلين.

- 19 -

في المقهى جلسنا على طاولة واحدة، كان يعرف أني أعرف أكثر مما يجب وكنت أعرف أنه يعرف ألا طريق لي للخلاص سواه، من هو...؟ صديق والدي المحقق عزت، كان اليوم في المقهى مختلفًا كثيرًا وكأن للبدلة العسكرية والسلاح تأثير سحري، أراه الأن إنسانًا طيب صاحب ابتسامة رقيقة نوعًا لديه حس فكاهي سقطت عنه كل تلك الملامح القاسية وعاد إلى حياته الطبيعية، تناقشنا كثيرًا حتى في موقفه الشخصي حيال النظام السوري وربما لم يكن مقتنعًا بالحل الأمني منذ البداية لكنه ليس إلا مجرد ترس واحد في آلة القتل الكبيرة فلو اعترض سيتم انتزاعه ورميه واستبداله بترس أكثر ولاء بالتالي لم يكن أمامه سوى الاستمرار مع النظام وتطبيق كل الأوامر الموكلة إليه.

والأن كان عليَّ أن أصارحه بأن الفلاش ديسك معي، وهو يعرف أنه لن يأخذه مني دون مقابل فقال:

_ علمتني التجربة يا أيهم أننا غير قادرين على تقديم مساعدات لأحد، كل مساعدة من الواجب أن تكون مشروطة بخدمة، علمتنا الثكنات العسكرية فن المقايضة، فلو أردت شيئًا عليك أن تقدم أشياء مقابله، وربما يصل بك الأمر لأن تقتل أو تسلب أو تنهب أو تغتصب، لكن في النهاية ستنال مرادك، لذلك أعلم علم اليقين أنك طلبت اللقاء معي لكي أقدم لك خدمة.

_ ربما أنا من سأقدم لك خدمة من حيث لا تتوقع...

_ هذا أمر مفروغ منه.

_ ألا ترى أن واثق من نفسك يا سيادة المحقق.

ضحك العم عزت هنا وقال:

_ لا بأس لك الحق أن تتمادى هنا فأنت عزيز ابن صديق عزيز

فعلًا كان عزت على حق أو على أقل تقدير كان يعي تمامًا ما يريد من هذه الحياة خلاف باقي أفراد الشعب الطامحين والحالمين أمثالي بمجتمع أفلاطوني يؤمن بالفرد وإمكانياته، علمته الأنظمة العسكرية أن يكون واقعيًا لدرجة لا تقبل الشك، فمن المحال أن نجتمع تحت سقف هذا المقهى دون أن نُبرم صفقة.

لماذا طلبت مقابلته...؟

ربما لأني أريد الخلاص، أحيانًا تأتي المصائب على هيئة مصائب لكن في واقعها طوق نجاة خفي، طوق لا تدرك قيمته إلا في اللحظة التي توشك على الغرق فتتشبث به، لقد تشبثت بالفلاش ديسك وكنتُ على يقين أنه طوق النجاة الذي سيخرجني من هذه البلاد، تمسكتُ به لأشتري به حريتي...حرية الخلاص من هذه

البلاد، هذه البلاد التي لطالما وقفتُ فيها عاجزًا أمام أحلامي، كنت في كل مرة أراها تتبخر وتغور وتنتهي وأنا عاجز أمامها مكبل بكل أصفاد الحياة، الضعف والعجز وعدم القدرة على فعل أي شيء.

ذهبت ترف هي الأخرى ليس لأنها لم تحبني بل لأني الضعيف البائس الذي لم أُفلح في الحفاظ عليها، ذهبَت لإن الحياة لا تقبل بأنصاف الحلول، ذهبَت لإن هذا الكون مهما اتسع سيضيق عندما لا نكون برفقة من نحب، ذهبَت لأن خياراتها باتت محدودة ولم يكن أمامها سوى الرضوخ للواقع، ربما لم يكن خيارها الأفضل من وجهة نظرها لكننا في الحقيقة في زمن يؤمِن بالمادة فما فائدة الحب دون مال، ما فائدة الزواج دون راحة مادية، كنتُ غنيًا بالحب لكن فقيرًا لا أستطيع أن أقدم لها شيء خلاف زوجها الذي يصرف في يوم واحد ما أجنيه أنا بعام كامل، ذهبَت ترف لأنها تستحق أن تعيش بحالة مادية مرتاحة، بالتأكيد ليس معي أنا الفقير الذي لا أصلح سوى لكتابة القصائد والخواطر، رَحَلَت ترف لإن الحياة ليست عادلة ولم تُنصفنا سويًا رَحَلَت لتترك خلفها فراغًا مدويًا والأن عليَّ أن أرحل وأبتعد عن هذه الجغرافية الميؤوس منها، من المنطقي أن أُحرق كل مراكب العودة وأخرج من هنا تاركًا النيران تلتهم كل الذكريات المؤلمة ولا تُبق منها شيئًا ولا تذر، سأغادر لعلني وبطريقة ما أجد دواء يمنحني القدرة على النسيان.

بعد نقاش دام لعدة ساعات وصلنا لحل يرضي الطرفين، الفلاش ديسك مقابل طريق آمن نحو القارة العجوز، رفض عزت في البداية طلبي واعتبر أني طماع أكثر من اللازم فكل محتويات الفلاش ديسك يمكن أن يحصل عليها مقابل رصاصة صغيرة داخل رأسي لا تتجاوز عدة ميليمترات، لكن كنت أنا الآخر على ثقة أنه لن يقتلني فلو أراد ذلك كان بمتناوله عندما كنت كالدجاجة المقيدة داخل حظيرته.

لماذا أردتَ أوروبا دون غيرها...؟ هكذا تساءل عزت وهو يلوك عقب السيجارة بين فكيه الفولاذيين.

أردتُ أوروبا لكي أنسى كل تلك الوجوه التي عرفتها، أردتُ أن أنسى كل محطات الخيبة التي عبرتها ضعيفًا ذليلًا منكسرًا، أردت وجوهًا أوربية باردة لا مشاعر فيها لا حنين فيها لا أشياء موجِعة في تفاصيلها، أحتاج إلى تقاسيمهم الحادة ولغتهم الجادة البعيدة عن كل العواطف فما كان يقتلني بتؤدة إلا تلك العواطف التي تغلي بداخلي وكأن هناك بركانًا يأبى أن يخمَد في كل زاوية من جسدي.

صمتَ عزت وصمتُ

ابتسمَ ثم ابتسمتُ

عانقني عند باب المقهى ليمنحني رائحة الآباء التي افتقدتُها طوال السنوات الماضية، مسح على شعري المبتل بالعرق البارد من فرط القشعريرة، وطلبَ مني أن أستعد فخلال عدة أيام سأعبر نحو تركيا لأكمل المسيرة نحو أي بلد أوربي أختاره، طلبتُ منه أن يسامحني وهنا ضحك وقال:

_ اسامحك...ماذا فعلت حتى تطلب السماح...؟

_لأني لم أفعل شيء.... أحيانًا العاجزون أمثالي عدم فعلهم أي شيء يستوجب عليهم الاعتذار، العجز رغمًا عنا لكنه خطيئة من الصعب اغتفارها، لم أكن على قدر المسؤولية يومًا بل كنت طوال حياتي قِطٌ مخصي لا ينفع لمواسم التزاوج.

ضحك ثم ضمني وقال: لا يغرنك ما ترى فكلنا أمام الظروف عاجزون.

- 20 -

وضبتُ حقائبي... ربما هي حقيبة واحدة لكنها تحمل أطنانًا من المشاعر، كنت على ثقة أني لن أُقابل هذا الحي مرة آخري ولا هذه الوجوه ولا هذه الطرقات المشبعة بالقهر والذُل والدموع والعَرَق، ربما هناك حنين لتفاصيل دقيقة لا يشعر بها أحد ولا يفكر بها أحد ولا تمر ببال أحد.

هناك شوق لرنين هاتفي عندما كان ينبض فرحًا على رسائل ترف، الرنة ذاتها لكن النبض اختفى منذ رحيلها، اختفت تلك الابتسامة التي لم تكن تفارقني وتحولت ابتساماتي إلى ثغر يتظاهر بالابتسامة إلا أنها ابتسامات منكسرة خاوية من كل شيء.

كانوا يظنون أنها مجرد حبيبة عابرة ولكنها بالنسبة لي كانت حياةً بأكملها، كانت الميناء الآمن لكل مراكب همومي، صندوقي الأسود الذي أُخفي فيه ضعفي وانكساري وكل هزائمي، هي كانت ولكنها لا تزال الحُلم العصِي على الواقع، الحُلم الذي يحتاج معجزة في زمن انتهت فيه المعجزات.

كانت الطرقات باهتة مثل صحيفة رسمية، وجوه العابرين كئيبة مثل قلوبهم في بلاد ضاقت ذرعًا بالحياة وباتت تطلب الموت جهارًا نهارًا، بات الموت رغبة بل شهوة فالبقاء هنا داخل هذه المحرقة هو ضرب من ضروب الجنون، كل الذين قفزوا عن الحدود وخرجوا عرفوا الحنين إلى بلادهم إلا أنهم بالمقابل وجدوا النعيم خارج حدوده.

كنتُ أسيرُ في الحي متوجهًا نحو النقطة التي اتفقنا أنا وعزت عليها، نقطة الفصل كما سماها ونقطة التحول كما أُسميها، أُسلمه الفلاش ديسك ويسلمني للسائق الذي سيخوض غمار البر السوري وصولًا إلى الأراضي التركية، لم يكن في وداعي أحد ولم أكن أنتظر أحد وكأني وُلدت من عدم العدم ذاته حتى مدام نسرين وطفلها الشقي خلال لحظات أمسيت أشعر اتجاههما بشيء من الغربة ولم أستطع تقبُل فكرة رابط الدم الذي يجمعني بذاك الصغير ربما كان ذلك خيرًا لي وله فلا أنا كنت أخاه يومًا ولا هو كان كذلك دعنا على حالنا كما شاء لنا الله أن نكون غريبين لا نحمل حقدًا ولا ضغينة في صدورنا.

كنتُ في هذه اللحظة بحاجة لترف فقط... ترف دون غيرها من البشر أود لو أعانقها عناقًا أخيرًا أرتمي في أحضانها ولو لثواني وأبكي كل هذا القهر والغربة والوحدة، كنت أود البكاء بحرقة الأطفال بنشيج الثكالى المكتوم، كنت أود ألا أحكي أي شيء يكفيني البكاء والحضن الدافئ، يكفيني العناق والوداع، يكفيني أن تكون بخير تحت قبة هذه السماء، يكفيني أني جاهدَت لكي لا أترك ندوبًا في قلبها، يكفيني أني حاولت الوصول إلا أن المسافة بعيدة، يكفيني أني كنت يومًا قريبًا من قلبها

وربتُ عليه عندما كانت بحاجتي أما أنا أتمنى لها ألا تحتاجني ولا تحتاج غيري، يكفيني أن أكون ذكرى جميلة في حياتها وإن شاءت النسيان فلتنسى فأنا لا أستحق منها شيئًا فقد خذلتها لكن رغمًا عني كل الظروف تكالبَت ضدي وتركتني همومي في منتصف الطريق لا حول لي ولا قوة.

ربما ستعذرني وربما لا لكن أتمنى أن تسامحني إن كانت تستطيع ذلك وأتمنى أن تلتئم كل جراحها وتغدو فراشة بصغر حجمها لكن أثرها يدوم إلى الأبد.

عند نقطة التحول وقفتُ، كان طريقًا زراعيًا نائيًا عن المدينة، كنتُ أسمع عواء الكلاب الممنهج وكأنها هي الأخرى قد سئمت كل ألوان الانتظار، عزت كان في السيارة إلى جانب السائق... ترجل بخطوات واثقة وابتسم تلك الابتسامة الأبوية العطوف، توجهتُ نحوه لأعانق كل الذكريات التي بقيت لي داخل تضاريس هذه الجغرافية فهو الذراع التي امتدت لتنقذني من جحيم الحياة هنا.

عانقته بحرقة وطلبتُ منه أن يسامحني على ابتزازي، كان يضحك ويقول:

_ لا يغرنك ما ترى فكلنا أمام الظروف عاجزون.

نظرت نحوه فوجدت فوهة المسدس تقابل جبهتي، أدركت أننا أمام الظروف عاجزون كانت طلقة ساخنة حد الاحتراق لم أدرك كيف اخترقت كل الأفكار التي تدور في رأسي في تلك الثانية لكن نجحَت بذلك وفجَّرت أطناناً من الهموم التي لا تنزاح إلا بطلقة غدر كهذه.

تمت بعون الله

الجزائر / الجزائر العاصمة

23/8/2023

إهداء أخير لابد منه...

إلى الجميلة الغائبة عن العين و الحاضرة في القلب دائمًا
سأظل على العهد إلى أن نلتقي.
آ..ء

الفهـــــــــــــــــرس

ماستر

Don't miss out!

Visit the website below and you can sign up to receive emails whenever Ahmed Khedr Abo Ismail publishes a new book. There's no charge and no obligation.

https://books2read.com/r/B-A-MSHLC-ZALZE

BOOKS 2 READ

Connecting independent readers to independent writers.

Also by Ahmed Khedr Abo Ismail

على حين غرة

About the Publisher

Master publishing house An Egyptian publishing house interested in spreading Egyptian culture

Read more at https://master-publishing.wixsite.com/master-ph.

www.ingramcontent.com/pod-product-compliance
Ingram Content Group UK Ltd.
Pitfield, Milton Keynes, MK11 3LW, UK
UKHW042011190726
13854UKWH00005B/2253